KB275161

고요한 날

고요한 날

초판 1쇄 발행 2025년 12월 31일

지은이 김영길
기획·편집 김철민
펴낸곳 비욘드엑스
펴낸이 김철민

출판등록 2021년 3월 29일 제333-2021-000020호
주소 부산광역시 해운대구 센텀중앙로 97
전화 070-7776-3235
이메일 cs@beyondx.ai
홈페이지 www.beyondx.ai

ISBN 979-11-976790-8-7 (03810)
정가 15,000원

고요한 날

김영길 시집

비욘드엑스

| 바치는 글 |

이 시들은

오십 년을 함께한 아내 서태순과

우리 사이에 다시 태어나고, 또 새로 태어난

희정, 희경, 희련, 선화, 희진, 병진

그리고 그들이 낳은 손주들에게

할아버지가 살아온 시간의 기록이자

미처 말로 전하지 못한 사랑의 언어입니다.

김영길

| 서문 |

사랑하는 가족에게

고요한 날이면, 문득 지나온 날들이 떠오릅니다.

어느덧 팔십 평생을 살아오면서, 가슴 속에 묻어두었던 말들이
있었습니다. 바쁜 일상 속에서 차마 꺼내지 못했던 그리움, 사랑했
지만 표현하지 못했던 마음, 흘러간 세월 속에 남겨둔 아쉬움들이
있었습니다.
　이 시들은 화려한 문장으로 꾸며진 것이 아닙니다. 다만, 한평생
살아오면서 가슴으로 느꼈던 것들을 있는 그대로 적어본 것입니
다. 봄이면 피어나는 진달래를 보며, 가을이면 떨어지는 낙엽을 밟
으며, 밤하늘의 별을 올려다보며 품었던 생각들입니다.

　사랑하는 사람과 이별했을 때의 아픔, 그리운 사람을 그리워하
며 홀로 걸었던 밤길, 계절이 바뀌며 느꼈던 삶의 무상함과 아름다
움. 이 모든 것이 저에게는 시가 되었습니다.

젊은 시절, 누군가를 사랑했던 뜨거운 마음도 있었습니다. "님"
이라 부르고 싶었던 사람, "그대"라 불렀던 그리운 얼굴들이 있었
습니다. 세월이 흘러 머리가 희어진 지금도, 그때의 설레임과 아픔
은 여전히 가슴 한편에 남아 있습니다.

또한 이 땅에 뿌리내리고 살아온 한 사람으로서, 고향에 대한 그
리움, 삶의 무게를 견디며 흘렸던 땀과 눈물도 담으려 했습니다.
산간 초가의 고요함, 농촌의 7월 뜨거운 햇살, 밤이슬 내리는 길을
걸으며 느꼈던 쓸쓸함도 시가 되었습니다.

평생을 함께한 아내에게, 그리고 자식들에게, 손주들에게 말로
다 전하지 못했던 마음이 이 시 속에 있습니다. "사랑한다"는 말
한마디가 그토록 어려웠던 우리 세대의 서툰 사랑이, "그리웠다"
는 말 대신 먼 하늘만 바라보았던 그 시간들이 여기 있습니다.

이 시집의 제목을 『고요한 날』이라 지은 것은, 시끄러운 세상
속에서 잠시라도 고요히 자신의 마음을 들여다보는 시간을 가졌
으면 하는 바람에서입니다. 바쁜 일상 속에서 놓쳤던 것들, 당연
하게 여겼던 소중한 것들을 다시 한번 생각해보는 시간이 되었으
면 합니다.

시인이라 불리기에는 부끄럽습니다. 다만, 한 사람의 평범한 삶이 이렇게 시로 남겨질 수 있다는 것이 감사할 따름입니다. 제 서툰 시가 누군가에게 위로가 되고, 공감이 되고, 작은 울림이 될 수 있다면 그것만으로도 큰 기쁨입니다.

마지막 시 "편지 속 즐거움"어 적었듯이, 그리움은 시가 되고, 시는 또 다른 그리움을 낳습니다. 이 시집을 읽는 모든 분들께서도 각자의 그리움과 사랑을 소중히 간직하시길 바랍니다.

세월이 흘러도 변치 않는 것이 있습니다. 그것은 사랑하는 마음, 그리워하는 마음, 소중한 것을 지키려는 마음입니다. 이 시집이 그런 마음들을 전하는 작은 다리가 되었으면 합니다.

고요한 날, 이 시집을 펼쳐 주신 모든 분들께 감사드립니다.

2025년 겨울
김영길

목차

| 제2부 | 꽃향기 머무는 계절 "자연과 더불어 살아가는 날들"

| 제3부 | 흘러간 세월 끝에 "삶의 무게와 성찰"

| 제4부 | 고요한 밤 "밤과 고독, 그리고 명상"

| 닫는 시 |

여는 시

고요한 날

하늘은 엷은 햇빛 구름을 갖고 바람한 점 없이 말이 없다.

먼데서 알알이 들여와 매달린 잠자리 떼 시름에 겨워 노니는 고개
숙인 백일홍,

바짝 여윈 몸을 감추려 살레살레 꽃망울 흔드는 코스모스,

가을의 향기라 할 수 있는 들국화의 무리 고요한 날에 묻어나는 말
이란,

조용히 나의 맘을 비추다.

이럴 땐 불러보고 싶은 영…

영아,

아름다이 파논 연못주위로 맴도는 네 눈동자에서 빛나는 찬란함이,

맑고 맑은 연못 물 속에 네 얼굴이 비치며 내 맘이 설렌다.

하늘은 여전히 엷은 잿빛 구름을 갖고 말이 없다.

상냥스런 아름다운 영의 모습,

천상을 헤매는 천사들의 무지갯빛 상,

고요한 날이면 보고파 울고 싶어라.

선선한 바람이 골짝을 따라 퍼질 때,

네와 같이 뛰놀아보고 싶어하던 이 자리,

나를 기다려 너의 아름다운 옷이 발하여 버렸다고,

하늘과 끝닿은 산봉우리 옆으로 구름은 떼 지어 영을 부르고,

노오란 남풍에 흩날려버린 외로움 때문에,

유난히 태양빛을 뿌리는 날이면 불러보고 싶은 영…

네 몸에서 발하는 노래의 향기가,

나의 몸에 배어들 때는 가버린 날 고요함이여….

제1부
님을 그리며
"사랑과 그리움, 그 아름다운 아픔"

앵두빛처럼

빠알간 선에 맺힌 네 정열에

이미 기름기도는 맛을 본 것처럼

험디험한 품속에서 얽매인 네 정열엔

빠알간 꿈이 이어져있는 것처럼

조용하게 말없는 가운데 연연히 뿜는 네 정열엔

맘겨운 행복이 벅찬 것처럼.

오늘도 정녕 너를 두고 맘의 운동을 다스리려하는고,

지금은 조용히 가랑비를 뿜고 맘의 정점을 향해 갈 수 밖에

네의 연연한 색전을 다듬어보고

옹기종기 놓여있는 다정함엔

광풍이 스치고 간 다음의 맘가짐이켜니

어느덧 하나둘씩 뛰쳐나가는 네의 종굴한 빛을 발하는 모습에

빠알간 네 빛처럼 소생의 날을 기다리노라.

사랑은 망령

소리 없는 말 소리가 멋 없는 리듬을 타며,

애처롭게 울부짖는 소리처럼 허상된 마음이

지친 영혼을 저 멀리 내던지고 이렇게 왔노라.

그대 멋진 척 내보이지만 너무 짜증스러운 표정이 아닌지?

한없이 마음을 쑤셔놓았다가 꺼져버린 지금

상상속의 부드러움을 보이려는건가?

한 점 희망도 없이 사라져가는,

그대의 환영을 안고 어디쯤 가려는지?

상처 투성의 맘을 정리하기엔,

너무나 멀리 와있는 현재의 심정이기에,

그대의 휘잡는 망상은 이제 좀 쉬려 한다.

언제나 항상 그러하듯이 아스라히 넘쳤던 향기가,

이제는 어떻게 환상에서 벗어날 지가…

어디에 있던 그대 맘 속에 내가 있던 날들은,

사랑의 망령이 되어 날아가 버리길….

봄이여 님을 다시한 번

잊혀질 수 없는 그날,

눈물맺힌 눈이 높은 하늘을 향해 부르짖는 소리속에,

그대는 정녕 내 마음 속에 엄연히 금겨 있기에,

봄비에 젖어오는 정을 말하듯, 노으란 개나리 꽃이 웃는구나.

시골길 흙담 사이를 돌고 또 돌아도,

영원한 나의 삶은 희망과 좌절을 반복하며,

그대로 인한 나의 아픔은 어디로 흘러갔는지?

마지막으로 그대의 맑은 눈 볼 때는 허상이 되살아난 듯

눈물 머금은 내 눈빛이 보이질 않았었는지?

아니면 비장한 가슴을 열어놓고 기다리는 느낌도 있었는지?

내가 가야 할 길이 막혀버렸더라도,

개나리 꽃이 허물어질 때까지도,

애타게 기다려도 답이 없는 그대여

그래도 반겨줄 희망 안고 기다릴 땐,

활짝 핀 개나리 꽃을 보며 희망의 꿈을 담고 있었지만,

그대는 영원히 지는 개나리 꽃과 함께 내 곁을 영영 떠나는데.

봄을 맞는 님

다가오는 그대의 영롱한 모습이.

담 넘어오는 화사한 봄빛을 몸으로 받으며

살며시 맘의 문을 연다.

그대의 손은 아름다이 물들어 있고

엉덩이 붙이고 앉은 그대의 자태는 봄의 화신 같구나.

애련한 맘 속에 비치는 움직임은,

애상한 지난날의 포근함을 감싸네.

너만은 정녕 파도치는 사랑처럼,

봄의 물결을 타고 나를 엄습하며 밀치는 건지

아름차게 밀려오는 가슴의 율동은

지금도 물결치며 넘실대는 마음의 표현이련가?

그대여!

바라건대 머언 그곳을 탐하지 말고 눈시울을 적시게 하지 말아 다오.

나는 지금도 꿈속에서,

그대의 아름다운 환영속에 갈등을 느끼며

애잔한 봄의 화사한 기운속에 묻혀 있다네.

잔잔해진 마음을 끝내 누르지 못해

너울대는 봄의 향기가 가슴을 메운다.

지금도 그대를 찾아 헤매는 영상은

아쉬운 정을 메우기 위해

소복하게 내려찍는 봄빛만이 알아주는 듯.

그리움에 찬 생각

생각하면 그 옛날

그리움에 찬 물망초

시렵고 아련한 꿈 안은 채

뜻 없이 흐려지는 검은 구름의 환로

머금은 양

흐느끼듯

한숨 쉬며 울부짖는 애잔스러운 정

흐려진 수 없는 애상의 파열음속 희망은 지는 양

맘 둘 곳 없는 서글픔이

내뿜는 쓰라림 속에 남는 상처가

한없이 스쳐 지나가건만

애잔한 애상은 그 뉘려듯

굶주린 사랑 안고 말없이 묵묵히 간다.

향수

진주 빛 맞아 분홍 들인 꽃

밤새껏 이를 맞아 도사린 모습

아침 햇빛 맞아놓고

밝은 내음새 뿌리다.

호상한 기품속에 뛰노는 넋마다

푸른 꿈 맞은 채 도사리며 방긋 웃다.

트여진 곳마다 맑은 공기

쇄락한 기분을 차분히 가라앉힌 채

새벽 꿈 꾸다.

드높이 솟아 벅찬 꿈을 안고 이르렀건만

사라진 아가씨의 뽀승한 젖가슴인양

허허넓은 벌판위로 무지개 그리다.

가슴마다 품은 향기

활짝 열고 해원[1]의 넋 뛰놀며,

맺어진 향수의 꿈은 영원하리.

---

1 원망했던 지난날을 풀다.

내일의 상처

내일의 이 시간이 두려워진다.

그대가 떠난 이곳

멍든 자죽을 살려둔 채로

가을의 흩어진 낙엽인양

엷은 미소아닌 서글픔이

아침 찬 이슬을 되받아

닥쳐올 내일의 이 시간이 두려워진다.

울렁이는 가슴 속에 웅크린 회상의 틈바구니

비참하게 끝난 사랑의 아쉬움은 차버리고

이제는 바란들 소용없는

아!

사랑의 넋이 울고 있는 현실이

추억을 되살리는 신이 되었으면

그림자,

아니 그대의 이름만이라도

영원히 애모하면서 살아갈 내 모습이 애처롭기 때문에,

마침내 낙엽인생이 되어야 할 운명

아득히 머언 망상을 조각배에 싣고 넝실대는 파도 속으로 묻힐 때

내일의 이 시간을 피해 망망한 수평선을 가보았으면
다시 오기 어려운 이 시간이
아련하게 내마음을 조인다.

님의 편지 안고

기다리지 마옵소서.

저는 가고픈 길을 가야 하는 인생인 걸요.

펼쳐진 종이위로 한 줄기의 눈물이

한 자 한 자 공들여 쓰여진 글자를 흐린다.

떨리는 손끝의 감각을 되살리려 애쓰는 마음.

하소연은 아니면서 나의 마음을 쥐어뜯는 듯

편지를 받아든 마음.

아직도

미련과 아쉬움을 내 맘에 뿌려둔 채 떠나버린 그대 때문에

가련한 내 신세여

열지 말라 두드리지 말라

맘 다지며, 하늘을 향해 두 손 모아 합장하네.

어떠한 험한 준령을 앞에 놓고라도

나는 님의 사연을 꼭 움켜잡고

흐르는 냇물 따라 여의여진 내 맘의 사연을 띄우리라.

멀리서 구슬피 들려오는 피리 속에 묻혀

한 줄기의 광명을 찾아

님의 곁으로 가고프구나.

님께 드리는 화답은

저녁노을

고요히 물드는 석양 노을빛

한스러운 여운을 남모르게 고히 간직코자

뛰는 가슴을 억제지 못하고

님 전에 살며시 울리리라.

잔 속 눈썹에 방울방울 맺힌 아롱진 눈물

흐르려 하지 않고

가만히 사뢰는 말이 애처로울 뿐

널뛰는 아가씨의 가슴을 후빈다고

생소한 트집을 잡아 어눌한 갈등을 거침없이

님 전에 조용히 아뢰리라.

등성이를 넘나드는 가버린 날이 아쉽건만

이제는

시름없이 우닐던 나날들이 애처로웠던지

애써서 가야 한다는 님을 멀리멀리 여읜다 하니

어이없게도 주저함을 감당 못하는 나.

영영 이별이라고 하기엔 상상도 할 수 없는 나기에

님 전에 서러운 눈물로 표현할 수밖에

허물어지는 마음으로 발길을 따라 헤매인들

아련히 들리는 듯한 님의 말 잊으랴만

무슨 소용 있으리오.

노오란 분홍의 진달래꽃이 물드는 봄이라 해도

원망의 하소연은 그치지 않겠다고

님 전에 두 손 모아 기원하리라.

고개를 넘어오는 검은 구름 덩어리

님의 화려한 자태의 망상을 가린다 해도

님의 부풀은 가슴을 뺏아간다 해도

아낌없이

나의 온 정열을 태워서라도

나는 님 전에 답하리라.

내 마음의 요동치는 맥박은 여전히 그대 모습뿐이라고

해맑은 햇빛이 쪼르르 회선의 윤무를 그리며

나를 비취며 조롱한다 해도

님께 바치려고 간직한 동정, 어찌하랴만

말없이 간다 한들 나는 속지 않으려고

님 전에 영원한 슬픔의 꼬리를 감추겠노라고

새삼 떠오르는 푸른색의 절망감이

내게로 다가온다고 해도

거룩한 부름 앞에 무릎 꿇고 앉아
끝없이 퍼져나간 그날을 바라보며
님 전에 붉은 꽃 한송이를 바치리라.

사랑의 능선

아름다운 빛을 뿌린 사랑
꿈을 아로새긴 사랑
종알대며 입다툼속에 맺어진 사랑
끝내 영영 이루어질 수 없는 사랑의 능선이었던가?
무심히 저 능선을 타고 넘는 갈매기야
시름을 뿌려둔 채 가려하지 말고
구비구비 펼쳐진 능선의
눈물 어린 시선을 나타내 줬으면
아침서리가 자욱히 깔린 거리에
찬 기운 서리며 검은 상처를 남기려 하지말고
흐트러져서 돌이킬 수 없는 사랑의 아픔을 탓하라
서늘하고 암울스러운 옛 기상이 사라진 후라도
너의 귓전을 울린 나의 아픈 호소는
영원한 미래의 잔존한 고통을 씹으며
내다보는 내일을 위하여
사랑의 능선을 넘으리라.

지난 꿈

꽃몽오리 물들이며,

새 생명을 기다리는 계절,

먼 하늘이 뿌연 빛으로 한스럽게,

내일의 보람을 잊지 못하도록 되새기게 하다.

봄나들이하며 담소하는 상춘객들어서,

자아내는 봄기운을 맞으며,

봄바람에 휘날리는 옷자락을 잡아끈다.

덧없이 흘러간 스무 하나의 세월을,

어떤 이유라도 탓할 수 없는 쓸쓸한 마음,

멀어져가는 한 무리의 기러기 떼에

묻혀서 쫓는 나.

지쳐 있는 심신을 희미한 꿈 속에서 멈췄으면 한다.

매년마다 돌아오는 이 계절,

마음 속에 묻혀 있는 조그마한 바람의 삶.

아롱지으며 떠오르는 구슬 같은 아름다운 그대가,

안간힘 쓰며,

지난밤의 꿈을 어렴풋이 살리려고,

눈을 지긋이 감아본다.

샛파란 상처

어리석고 무미했던 그 시절,

믿기조차 힘들었고 어려웠던 그 시절,

올 수 없는 막막한 쓰라림 속의 기다림.

어두운 적막 속에 흐느끼는 꿈 속의 여운이라서,

아직껏 미련과 한오리의 샘을 찾는 내 자신,

공들여 이룩한 마음의 절정이었는데,

어리석었던 어둠 속처럼 지난 날의 상흔이,

타오르는 불꽃되어 엄습하는데

그대는,

왜 아니 오는 사람이 됐는지?

봄이 봄을 낳고,

해가 해를 낳아도.

내 가슴엔 샛파란 멍든 자국이 생생하구나.

반짝이는 반딧불을 잡으려다

떨어지는 팔이,

오늘도 그대 몸의 향기인양

샛파란 상처를 기르려하지 않는다.

나만의 사랑은 아니었다

비참한 사랑의 여운이

좀처럼 내 곁에서 떨어지지 아니 하니,

모진 방법으로 다짐을 해보건만,

어찌 마음의 허전함을 메꾸리오.

조만간 닥쳐올 기쁨의 기다림이,

어리석은 작은 바람.

아니면,

맘 속에서 느낌이 미친 척 하듯이 요동치다 지쳤는가?

아니란 맘의 흔들림이 두각을 나타내는구나.

5월의 햇빛이 조는 듯한 모양으로,

어쩌면 이토록 내 맘을 파헤치는가?

떠나간 사랑이 다시 오기는 어려울 진데

가시밭길에,

아름다운 꽃무리를 덮는다 한들 무슨 소용이랴.

가고 싶으면 가라 하던 그날,

진정 내 뜻은 아니었으리.

너의 형상만이 어둠 속에 묻혀,

나 자신을 헤집으며 얼버무린다.

아쉬운 날이면

조용히 나리려나.

올망졸망한 한 시절이 어느 때인고,

가득가득 담아논,

아쉬운 날에다 사랑스러운 꿈을 싣고,

머얼리 내려깔린 벌판을 밟고 헤매노라.

종달새는 보리밭 이랑을 치솟으며 울어나고,

이름모를 나비 한 마리,

슬픈듯이 날개를 허우적거리며 날아간다.

나즈막한 키에 어우러진 몸맵씨,

적당히 꾸며논 앞가슴의 장식,

누구든 아니보려 하지 않으리,

소심한듯한 걸음걸이에,

시선을 지긋이 잡아끌면서,

따라오는 모습,

헤픈 웃음을 연발한다.

아직도 세워지지 못한 삶의 질이,

이처럼 아쉬운 날 일줄이야.

아쉬움에 찬 시선의 봄

줄달음치는 태양의 계절이,

또 한 달을 넘나 봅니다.

곤한 몸을 오수에 묻혀,

한낮의 태양을 등에 업고,

아득히 머언 그날을,

꿈 속에 그려봅니다.

한 두개 씩 늘어나는 꽃송이를,

바라볼때는,

붉은 낭만스러운 어울림이,

마음을 헤이면서,

계절의 종말을 고하는군요.

(푸념)

재촉하는 계절의 흐름속에,

대답 없는 울부짖음이….

정착할 수 없는 그대가….

좁다랗게 펼쳐진 동산을 움켜쥐고,

천국을 설계하자 소리치던 날,

태양 사이로,

갓피어난 진달래가 엷은 미소를 지을 뿐,

나에겐,

아무런 미련을 남겨주지 않는군요.

추신: 친우가 부탁한 시를 한 수 적었네. 봄은 오고하여 앞산(동
산, 東山)을 오르고보니 양지 쪽으로 하얀 잔디밭이, 퍽이나 마
음을 움직이기에, 여인을 만들고 공상의 詩를 작시하였네. 일자
리가 잡히는대로 만나 볼 기회가 생기겠지. 淳, 무능한 人間은
유능한 人間이 되려고 노력의 성과를 기다리며 이 시를 보내니
아쉬움만 남네.

그대를 바라며

거리의 네온불이 주마등처럼,

빛의 영상을 분산시키며,

희미하게나마 남긴 환영을,

힐끗 돌아보며 걸어드는 자신이여,

가만히 앉아있는 바위 위에 그리움찬 여인.

나를 아는체 하지마라.

일평생 수수로히 그대를 바라며.

길게 늘어진 물망초처럼,

서러움과 같이 하리라.

어느 곳인들 기쁨을 주리오만,

아직까지 꿈을 낳은 너의 모습을 눈으로 밟으며,

재켜진 창 너머로 사납게 밀려오는 희망의 환상을 그리다.

걸어드는 나자신이여,

아직도 헤매이는 노래의 메아리가,

머나먼 그길로 달려가,

메아리의 반향을 바라면서.

그대를 바라노라.

사랑이 하고 싶어지면

깊고도 넓은 갈림길에서 느끼는 사람,

사랑하고 싶다기 전에,

나만의 정성을 담은 맘의 연연함을 나타내거라.

계속 기다리며 표현도 못하는 자신을 향해

어떠한 삶의 연속성도,

자신을 탓하며 이때만은 중단하리,

지친듯하며,

균형을 잃은 자신의 맘의 뜻을 모아

사랑이 하고 싶어지면,

갈구하며 부르짖는 생명의 영혼이 되어라.

사랑하고 싶어하는 애원의 찬사랑의 신비스러움을

고스란 가버린 세월에 묻고

사랑이 하고싶어서 애간장일 땐,

바람에 나부끼는 낙엽 속에 묻고,

두손 모아 진심으로 ,

너를 향해 굳건한 마음을 전하라.

사랑의 열선

찬바람이 휘몰아치는 날이면,

수평선 넘어로 한 줄기의 능선이,

흘러가는 구름을 넘겨보며,

너무나 많은 시대의 품상을 자아낸다.

머얼리서 다가오는 열차의 쉰 기즈소리에

다급해진 마음의 순정을, 다시 한 번 망각하리만큼,

초점 없이 선로 위를 묵묵히 걷는,

소녀의 심금을 아롱거리게 한다.

뒤바뀌는 사랑의 열선이,

지는 태양을 아쉽다는 듯,

찬바람 속에 펼쳐진 들판이 처량해보인다.

어슴푸레 간직해있던 아련한 연정이

차가운 냉기 속에서 살아움직임을 느낀다.

항상 거리를 두고 지켜온 끝맺은 사랑이어서,

오늘도 내일도 머언 미래까지도.

황량한 들판에 시선을 멈춘 채로,

사랑의 열선을 타고 나타날 사랑을

애를 태우며 기다린다.

마음의 형상

물드는 봄,

고요한 파문 속에 속맘을 담은 채.

아랑곳하지 않고 소용치는 나의 행동.

아무도 알지 못하게 스르르 맘을 잡는다.

머문 지점에서 소생하는 만물의 움직임이,

아스라이 미묘한 여운을 남긴 채,

탐스러운 꽃망울을 맞는 성스러운 마음가짐에,

고이 간직한 영원한 애상을 맘 속에 품다.

가버린 정렬의 타오름이,

시간의 흐름이 정열과 함께,

찬란스러운 성스러운 무대에서

주저하지않고 창공을 향해 또렷이 맘의 갈구함을 표하리

항상 허공에 머문듯한 허전한 심정을

달래려하지만 척인양,

그 자리에 머물러 있어다오 하면서,

조심스럽게 다가오는 맘의 형상을

언제나 그 시점에서 불러보리.

아름다웠던 첫사랑의 비극

마음은,

유형무형의 존재만을 아련히 남긴 채

그리움에 찬 눈망울

머언 시선을 못본 채 돌리며

허탈스러운 쓰린 소리만 시야에 펼쳐진다.

첫사랑은 고스란히 한토막의 이야기로 끝난듯,

오직 마음 속에 간직한 채,

아무런 느낌도 없이 맘을 울리며 가고만다.

아련히 떠오르는 애달픈 그리움 속에

꿈을 꾸듯 마음을 마무리하며

모두 잠든 밤에 소리 죽여우는 여인의 하소연과 같이,

쓸쓸히 비극의 날개를 잡으려 하다.

첫사랑의 시작은 활짝 핀 꽃인양,

모든 것이 아름다운 쾌락의 극치였지만,

어느 순간에 지난 악몽의 비극으로 변하며 사라져간다.

사랑의 노래

조용히 속삭여본다.
너와 나의 사랑을…
지금 이 순간만은
휘몰아치는 태풍 속을
헛갈리는 마음을 부딪혀 본다만,
내일 모레,
아니 멀고도 머언 미래에,
나에게 들려올 정다운,
너의 멜로디.
조용히 속삭여본다.
너와 나의 사랑을
나 혼자 만의 꿈속에서….

마음 속 슬픔

좀처럼 바라보기 힘든

섣불리 건드릭다가는 도망쳐버릴,

그러나 가즈러진 너를 두고 한 말이라면,

지금이라도 너를 붙들 수 있으련만,

작은 냇가를 끼고 자리잡았다 하나.

불빛 아래에서 졸음을 이겨내지 못하는

어지러운 버들잎처럼 흔들리지 말고,

짓쳐두는 벌의 떼가 되려무나.

애석한 맘을 가지고 받쳐주는 자 될 지라도

좁혀진 서로의 마음을 가상타 하지 말고,

애원해도 밝은 빛이 보이지 않을지라도,

반드시 한 번쯤은 희망의 빛이 살아날 수 있으라고 속삭여라.

후들거리며 날아가는 기러기 무리에서,

서로를 의지하며 날아가는 모습처럼

이제 꺼져버린 맘 속 슬픔이,

한때 만이라도 너의 뛰노는 곳을

마음 속에 어렴풋이나마

익혀두면서 마음 속 슬픔을 닫을 수 없구나.

조각난 그리움의 꽃

이제는 시들어진 꽃 소용없어진 꽃,

오목조목 핀 네 들자리에,

무엇의 흔적을 남기고 지났는가?

소리치며 붙잡는 꽃의 애찬가들에게 상처를 남기고 간,

쓰러지고 시들어진 네들의 애처로움을,

원망하며 부질없이 책하노라.

이젠 가버려서 시들어진 보기 힘든 꽃의 그리움.

두 조각 세 조각으로 나뉘어진 네들의 형체는,

얼마마한 진통을 겪으며 견디는지를,

시달림에 지쳐 조각난 그리움의 혼을 남기고,

고갯짓을 하며 그래도 그래도.

내년이리오 기다리다 가버린 날이여,

이제는 꼼짝없이 앉아 우는,

조각나서 그리움만 쌓여있는 네 사람의 힘이

저멀리서 희망 샘을 찾아 왔다는 천사 같은 여인이여,

살며시 눈을 감고 찾는 손길이라도,

조금만 참았다가,

갱생의 길을 걸을 수 없는 꽃의 신들에게,

조용히 머물러있다가,

명상의 마음을 옅게 펴주오.

잊으려는 맘 느는데

쓰디쓴 현재의 느끼는 감각.

허공을 누비듯 임산부의 괴로운 아성같으니

지금 막!

달려 내빼는 망상의 줄기가.

날카로운 칼날 앞에 굴복하려드는 허구성이

부르지 못할 님이어서

부르라 아우성치는 허상들의 마음이 얄미웁기만 하다.

흘러간 세월 속에 묻힌 사연이라해도,

다가오는 현실의 잣대 앞에,

바라보는 눈망울이 옷자락을 휘어잡아 잠시라도 위안을 삼으려는지?

뚜렷이 떠오르는 흐트러진 모습에,

분산되어 날아가버리는 허상인양,

이 순간마다 허상을 넘고 보면,

나는 진정 바보가 아니될 수 없으리.

소스라치며 떠가는 허상의 여운 앞에,

오늘만은 밟으려 하지 않고,

늘어나는 망상의 본질을 붙잡으려 하려니.

설레이는 어리석음

하늘을 쳐다보며 존재하는 대지라면,

그것은 일치의 모순이려니,

불안한 맘 속에서 향락을 누린다견

그것도 일치의 모순이려니,

고갯짓하듯 넘어오든 어느 청초한 아가씨의 연두색의 나들이옷

화려한 척하나.

이내 희미하게 부서져버리는 색,

아무말하려 하지말고 두손 모아,

저녁으로 스며드는 어스름 달빛 속에,

꼬리를 감추려듯 슬픔을 낳는,

별들의 빛무리가 되어 맘의 동요를 어리석게 설레이게 하지 말길….

가만히 눈감고 산봉우리 사이에 찾아도는 어둠의 여운.

사랑의 어리석음을 고하는 산 속의 적막함 속에 묻히리라.

가시가 돋힌 장미처럼 맘과 몸이 섯들은 정에 어울린다 해도,

우둔한 촉감으로 내 몸 속에서 쓰디쓴 내음을 받으려 하니,

지금에서야 어리석음을 헤어리겨 설레이는 어리석음을 알았으리.

눈(眼)

시선이 머문 곳,

그대는 나를 아는체 하지 말고

꺼져버린 등불 앞에 고개숙이라.

고스란히 가버린 어느 날의 시점에서,

나는 그대의 눈망울 속

아쉬움으로 넘실대는 눈을 보며,

꿈속에서나마 가느다랗게 떨던 방향없는 손끝에서 미묘한 감정을

느끼며,

이 순간에도 너의 눈망울이 살아나듯,

속삭여 볼 수 있는 흘러버린 그대의 눈망울 속에 묻힌 사랑의 징표련가?

그러나 희미한 눈빛 속에 스며있는,

바랄 수 없듯이 남아있는 짓푸른 멍든 자국뿐,

나는 이 시간을 눈을 지긋이 감고 헤이면서,

그 어느날엔가 그대의 붉게 물든 입술을,

지긋이 눌러주던 손끝을 어루만지며,

그대의 맑던 눈 속으로 들이고져,

이 시간의 꿈처럼 되뇌이누나.

부디,

그대는 나와 눈과 눈이 마주칠 때,

달디 달콤한 부드러운 정을,

그대의 밝게 빛나는 눈 속에 파묻어주소서.

사랑의 무대

지나가며 흘리는 말처럼 가끔 볼 수 있다는 기적,

그런 상상만으로라도 맘을 쥐는 힘이란,

긴박하게 차오르는 사랑의 가치를 갖고,

주위의 모든 상태를 그대로 둔 채 꾸며진 무대,

한없는 상상속이지만,

끝없이 내 주위를 맴도는 향기로운 현상의 행렬,

마음 속으로 멋진 찬가에 맞춰 사랑의 무대를 꾸미지 않을 수 없으리.

날카로우면서도 지적인 눈매.

홍염스러운 얼굴.

날아갈듯이 날렵한 몸매.

마음을 후비듯 상냥한 목소리.

또 한 번 내 주위를 맴도는 멋수러운 무대에서,

어설프나마 사랑의 무대를 꾸미면서

지나간 그대의 환상을 덮으려나.

살며시 일어섰다 나둥그러진 열정.

황홀했던 마음을 어찌할 수 없어,

어디선가 하면서 외쳐대던 사랑의 무대 난간을

그대와 둘이라면 영원히 붙들고 있으리.

부르지 못할 이름

한 번 만으로서는 되살릴 수 없는 허상의 존재.

당신은 어느곳에서 숨을 쉬시나요.

조잘스런 조약돌이 내려깔린 냇가를 따라.

돌이킬 수 없는 허상을 찾는 맘일진데

부르지도 못할 이름을 더듬으며 눈시울을 붉히네.

수심으로 가득 차있는 눈망울 속에서,

아늑하게 박힌 눈매와 춤추는 꽃을 연상케 하는 소붓한 움직임.

냉냉한 채로 열정을 잊은 마음인들.

녹일듯이 부풀어있는 당신의 가슴에서,

당신의 아름다움에 미치도록 맘 속에서

헤어날 수 없으리.

오직 불러볼 수 없는 당신의 이름뿐이라도.

지금은 파도이는 아비규환 속에

비쳐진 그늘 속의 한가닥 영상일 뿐.

마비되어버린 감각으로나마 느낄 수 있다면

버얼써 때는 늦어서 부르지 못할,

안타까운 이름으로 남겠지요.

순진한 사랑을 하고파

소박하고 성스러운 행복을 갖고 싶어,

나는 사랑이 하고 싶은 심정으로,

철없는 소리를 웅얼거리며 혼자 만의 착각으로순진한 척하네.

헛기침 소리 한 번 내본들 알아주는 이 없는 현실에

멍청하게 웅크린 자세에서 먼 하늘 밑으로 뻗힌 구름의 조화를 보며,

그것을 받들어 모시려고 뒤척이는 멍청이가 되다.

사랑,

놀라웁게도 나도 모르게 가슴이 설레는 말

그러나 날개 찢겨진 새의 처절한 소리 받으며,

좁사랗게 퍼지는 고통의 서글픈 소리를 넘길 때,

살랑살랑 내젓는 막막한 환상 만이 앞을 막아주다.

현실에서 미래를 넘나드는 만날 그리움의 순진한 사랑의 변화가

나의 맘 속에서 살아나는 그리움과 함께

애끓는 나의 하고픈 사랑의 순진함을 누구든 탓하지 않았으면.

연정은 느끼지만

묵직스레한 느티나무에 매미 소리가

처량스럽게 들리어 올 때,

두손 모아 비는 기원은 올가치는[2] 사랑의 느낌.

당신의 영롱한 눈을 마음 속으로 그리며

잡스럽고 울렁이는 회색 미소에 느낀 연정,

당신의 흥분된 숨소리가 내 귓전을 스칠 때 느끼는 것처럼

마지막 찬미송을 부르는 나였다.

너무나도 가까운 사이었기에

당신 앞에 서 있을 때는 정은 느끼나 할말은 없네.

벙어리 시늉하는 올빼미는 아니건만,

용기란 것 담벽으로 둘러쳐 있으니,

어찌 그대를 모시어 가는 길을 밟을까?

저 넘어엔 희색만면의 파란 하늘이 보이고,

가슴 속엔 오직 보이는 당신의 얄미스러운 얼굴,

나비들의 쌍쌍은 지나고

허황된 웃음으로 메꾸려는 너의 맘 속에.

---

2 곧게 뻗는

사랑 뒤에 오는 것

깡마른 몸집에 눈물은 한방울 없고

가시지도 않은 님몰래 쓴웃음 지며,

연지묻은 그 옛날 푸른 꿈에 덩실때던 때 그리웁다.

추억도 새로이 꽃을 찾으려 하나

한수러웁게 활기에 넘치던 노래는 곧 저주로 변하며,

자주 되바뀌는 마음의 갈등이 갈쿠리로 감아질 때의 고민은,

가버렸다 또 이어온 샘줄기 아래,

정들다 지쳐버린 무명초와,

소리없이 덮여진 심골이 수선화의 무리와 흡사하다.

꿈은 깨어져 나가고,

남은 것은 고독에 슬피우는 아명,

다소곳이 여인들의 익살을 들으며

소음은 잠들고,

그리움을 찾는 영혼들에게

갈구하며 애타는 심정을 부르짖는 앞날이여,

가는 곳 어리석은자의 무덤이 아니라고

넋 잃은 어진 양에게 희망의 부름을 주시길.

사랑하는 마음

사랑하는 마음의 문을 가련스럽거 열어 젖힌 양,

마음껏 적막을 헤치며 헤매노라.

숲 속에 흐르는 바람소리마저,

사랑하는 그대를 무리지은 꽃들 속에 앉히우고,

살며시 미소지은 그대를 보며 자리를 뜨다.

허전한 그대는 아련한 가슴만을 안고,

꿈을 꾸듯 아름다운 꿈속을 누비며 헤쳐보아도.

알송달송한 느낌은 여전히…

사랑은 언제나 자유분방한 것 같지만,

항상 마음 속에는 움멍진[3] 상처만 남네.

언제나 흐뭇한 생각으로 느낌을 받을 때

사랑하는 마음 속으로나마 쓸쓸한 미소만 남네.

---

3 깊이 파여진 멍

너는 내 사랑이 아니련가?

가냘픈 미소에 넘치는 정.

짧은 밤 슬피 우는 두견의 울음소리인정,

남몰래 정과비에 어울리지 않을 수 없네.

슬디슬픈 꿈을 낳더라도 너만은 동반의 맘을 안고,

삶의 흐름 속에 사랑의 연속이란 말은 없었다 한들,

참담하게 부서진 전날밤의 꿈

애처로운 내 인생을 흙속에 묻으려고 애를 썼을 것이 뻐언한데,

여러 갈래의 방향 속 너를 찾아 헤매면서, 가치를 찾아보려 했건만,

간 곳 몰라 홀로 애태우다 쓰러진 나이고 보니

백방으로 용솟음치는 정이 미친다 한들,

이제는 광야에 내쳐진 옷조각처럼, 뉘 나를 원하리오.

적막을 뚫고 지나가는 바람일지라도.

헤매이는 나를 위해 서두르질 않을진데,

너는 어찌 서럽다만하고 떠나는 것인가?

슬픈 하늘의 여운이 구름을 헤치고라도

너와 나의 몸을 감싸주려하면,

더 이상의 너를 바라지 않으리.

사랑은 고독만 남고

나의 생명을 짓밟듯 하며,

격정에 떨던 파도가 다정하듯 밀려오는데,

멀고도 멀었던 아늑한 사랑의 환상 속에

나는 멀거니 희미하게 방향을 따라 바라보다

멋없이 끝난 단짝의 사랑은 무정한 그 사람 같은데,

정말로 사랑의 헤어짐 속 반환 굴곡점은,

지쳐오는 싸늘한 고독과 함께 있네.

소리 없이 머언 곳으로 흘러가는 조각배에 사랑의 맘을 싣고

멍청한 기분으로 서서 방향을 못잡고 따라가네.

쓸쓸하게 고독을 느끼며 우는 나그네는 지금 떠나가고,

한그루의 붉은 장미꽃만이 나그네를 보면서 여기에 서있고나.

고독을 남기고 멋없게 떠난 그대여

그래도 희망을 좀이라도 준 꽃을 꺾기 전에,

멋쩍고 섧게 떠는 나의 맘을 꺾어 주구려.

첫사랑

그대와 헤어지던 날 나는 한없이 울었네.

동산의 진달래꽃 속에 묻혀,

시냇가에 버들피리 꺾어 불 땐,

그대는 영원한 내사랑이었건만,

아마도 잊혀지지 않는 꿈 속에서나마

그대는 아무 말없이 떠나고 말았구려.

사랑의 보금자리였던 동상의 아름다운은

철이 감에 따라 변하도 그대가 남긴 첫사랑의 애잔한 꿈은,

아직도 뚜렷하게 맘 속에 살아움직이건만

그대는 결국 아스란 슬픔만 남기고 떠나가고 없네요.

아직도 첫사랑의 안식처였던 동산은,

창문으로 내다보며 아롱거리는 추억을 더듬고 있네요.

영원한 향수 속에 묻혀 흐리는 꿈은

여전히 나의 헛된 망상 속을 흐리게 하네.

지나갔던 봄은 기약을 어기지 않고 왔건만,

무정하게 떠나간

첫사랑의 그대는 왜 아니온다냐.

사랑의 호수

호수의 잔잔한 물결이 고이 인다.

옆으로 호수를 바라보며 소녀가 걷고 있다.

소소한 바람은 물결을 차며 지나고,

소녀는 쌀쌀한 바람을 따라가며

잔잔한 호수 속에 마음을 두고 걷는다.

발길이 닿으면 소녀가 멈칫하곤 할 때,

사랑의 호수는 소녀의 마음을 아무런 주저없이 사로잡는다.

저편으로 산새 한 마리가 소녀를 바라보며 지저대는 모습.

처량한 울음소리에 소녀는 문득 산새의 영롱한 빛을 몸에 느끼다.

잠깐,

미소를 나눈 후 무표정한 호수의 맑고맑은 물을 자기의 넋인양

가슴 위에 살며시 손을 얹어본다.

호수의 물결이 꿈틀거리며 고이 일 땐,

소녀는 또 한 번 보다 멈칫하고 사랑의 호수를 등으로 받으며,

소녀는 가벼운 미소를 띠마 숲속으로 사라져간다.

그리움에 찬 연인

밤이 이슥하여졌는데 적막하고 허전한 맘 감출 수가 없네.

밤하늘의 아련한 별들의 속삭임.

꿈인양 그리움 솟기며 날아만 가고 싶어지네.

그대는 이 한밤 중에 편히 고운 꿈을 꾸는지 모르지만,

드높은 창공을 바라보며 그리움에 찬 미련을 갖고 헤매이는 나!

드리우는 꿈마다 그리움에 찬 서러운 마음 뿐,

나의 마음은 자꾸만 미련의 씨앗만 뿌리는 어리석음을,

내일이면 약동하는 만물상들이 어울리는 시간이 올 지 언정,

두드리는 순간마다 창공 만은 꿈을 꾸듯 아련한 빛을 발하네.

짝사랑

드넓은 앞뜰 위에 나비 한 쌍,

넘나드는 꽃마다 파란꿈 드리우고 웃다.

사랑 후에 잦는 어린 시절의 추억.

거덩거리는 인생 속에 간직하고,

혼자 무심코 뜰가에 앉아 꽃을 어루먼져보다.

꽃 사이마다 차있는 연민의 넋.

아름다이 간직코자 추억 안고 노닐며….

생각마다 넘치는 사람마다 짝사랑이네.

때때로 진정이려니 하고 나를 울리던 사랑.

삶의 허무함을 상징하듯 흘러간 연정 속에,

한 많았던 그 옛날 사랑 이야길 더듬으며,

먼 하늘 속을 더듬으며 남을 기다리네.

님이 떠나던 날(넋두리)

님께서 말없이 떠나던 날.

온 세상은 고요한 파도 속에 밀려오는 조각배.

차마 떠나보내기가 아쉬운 양,

님의 손목 잡고 하염엇이 눈물 뿌리다.

마음의 등불이었건만,

지난날 추억 속에 얽매어진 사랑도 허무한 꿈인양,

마음 조이면서 애타게 울부짖을 땐,

가슴마다 간직하고 지난 밤의 꿈이려니….

문간마다 님의 손길 아니간데 없건만은,

이제 말 마저없이 무정하게 떠나는구려.

님과 마주 앉아 미래의 꿈 그려보던 언덕의 잔디밭.

계절따라 고이 간직하고자 자취만 남기고,

이제 그제 미련도 없이 가고 마는구나.

항상 내 마음 속 천사인 양,

님의 사랑 아니 미친데 없건만은,

이제 님의 사랑마저 끊겨 어찌 하오리까?

거울마다 비쳐봐도 곳곳이 님의 환상.

애잔하고 서러운 마음만 남는구려.

영롱한 눈빛은 밤하늘의 별이려나.

정들은 님의 눈길마저 없어지면,

님 떠난 후로 어이 홀로 지탱하며 사라가리.

가는 곳마다 그리워 누굴 믿으며 의지하리.

아니면 매일 허공 만을 힘없이 바라보며 헤매이리까?

님의 치렁치렁 늘어뜨린 머리마저.

검은 대지는 아닐진데,

아! 가엾은 우리의 무너진 사랑.

언약없이 님은 온다 하건만,

아니올 사람 같이 여겨지니,

누가 애타는 내 마음을 파헤쳐줄 수 있는가?

마음 태우며 울부짖어봐도 소용 없건만은

그래도,

눈물만은 야속타 아니하고 내 뺨을 적시는구려.

웃는 얼굴 드려보며 찾던 님의 모습.

영영 가버리면 언제 돌아와 볼 수 있으리오.

밤마다 그리움에 몸부림치려면 눈물 먼저 솟기니,

뿌리 채 박힌 사랑을 어이하오리까?

아련히 떠오르는 님의 환영만을 안고 살란 말이오.

얼룩이 송아지가 되어 벌판을 헤매는 나그네가 되란 말이오.

정녕 떠날랴거던 정만은 두고 가시오.

마음의 아픔만 남기고 정말 속절없이 떠나는구려.

항상 마음 속 자리 잡았던 동정자 님이여.

근심지며 살아갈 이몸 누굴 의지하며 살아가란 말이오.

아니오, 아니오.

님만이 언제나 내 마음이려니….

님이여 가는 길에 생각 말고 들어보오.

듣고 보면 님도 슬픈얼굴 아니타 하리오.

밤마다 단 둘이 원앙새 되어 걷던 길.

이제는 뉘하고 걸으리오.

생각나면 홀로 남의 사랑 안고 걸으리까?

님 가신곳 바라보며 걸으리까?

생각하면 생각할수록 떠오르는 님의 얼굴.

만지면 만질수록 더워지는 님의 손길.

만날적마다 뛰는 님의 사랑소리.

이제는 보지도 듣지도 못하겠구려.

산천은 전과 같이 변함없이 푸르르건만

하필 이리 좋을 때 떠날게 무어란 말이요.

아련히 들리는 뱃고동 소리를 들어보구려.

멀어져 갈수록 님의 향기 때라 영영 멀어지며 들려오지 않겠지요.

이제 님이 떠나면 그 고운 목소리 어디서 들으리까?

그 소리 한 번 더 말해보구려.

이후로 들려달라한들 무손 소용이리까?

님의 사랑 곳곳마다 남겨논 채,

울며 잡는 손목 놓을 줄 모르는 마음.

님의 발만을 디려 보고만 있소.

걸음마다 눈물이오.

눈물마다 그리움이오.

가시는 곳마다 서러운 내마음 안고 가오.

즐겁게 놀던 보금자리 잊으려 말그,

떠나는 열차의 기적소리 따라.

남의 영상 품에 묻고 들으리다.

드높은 창공만은 항상 허전한 맘 메꿔주려 하건만,

님과 사이에 날벼락 같은 생변화,

이제와서 후회한들 무슨 소용이랴.

할 수 없구려 님이 떠난다면….

이별

어슴푸레 아침 햇살에 넘쳐나는

희망의 흐름이 변하네

아무런 생각도 못하고 멍한 가슴에 꽂혀 있는,

맘의 허상을 잊으려…

햇살은 여전히 넘쳐나는데,

주위를 맴돌며 너를 보낸 사연이 아스라이 사라진다.

지금도 아침을 시작으로 헤매이며 노닐던 그 자리에

이별이란 단어가 재빨리 머리를 스치네.

가는 맘 달래보려 너를 그리워하면,

한 발씩 가던 길이 힘을 잃어라.

하루하루 생활의 흐름이 엇갈리며,

너를 보내고 나를 보며,

이별의 아쉬움을 달래며 보내리.

아!

오늘도 가슴 아픈 사연을 달래며 아침 햇살을 맞네.

님은 갔는데

무지개 넘보며 오시던 날,

허공에 대고 님의 이름 부르리다

알송달송 감추어졌다 나타나곤,

떠나간 님은 먼나라의 선녀였드냐?

벅찬 그리움 갖고 무릎을 꿇어도,

다시 이루어지지 않는 꿈속 향방은,

서늘한 한낮의 기온을 받으며 사라지다.

서로이 쪼개진 이름 앞에,

불러도 미련 없이 어찌하자고 가는고?

오락가락하는 미소를 머금어도

또렷하게 떠오르는 님의 모습,

둘러친 앞산의 장막을 헤어날려해도,

보드라운 흰구름 윤선 위에 올라앉아.

무심코 멀리멀리 가버리는구나.

마음 속 갈등은 여전한데,

님은 가면서 쪼개논 이름을 되뇌이게 하는구나.

제2부
꽃향기 머무는 계절
"자연과 더불어 살아가는 날들"

달맞이 꽃

덮쳐오는 환상의 여인

그리움에 솟기다 끝나버린 여인의 질투,

노오란 달맞이꽃의 상징을 알리며,

너에게 한스러운 문을 두드리다.

멋없이 부르는 달맞이꽃의 소박한 내음

여러 형태의 꽃 중에서,

달맞이꽃은 부풀은 메뚜기의 가슴이랴.

맘 속에서 움틀대는 그리움을 버린 상징 같은 꽃인가?

조용히 피었다.

내일 아침이면 너의 생명이 다ㅎ-련만,

그 순간 만이라도,

너는 너 자신의 어지러운 생각을,

남에게 전하려고

확실한 노오란 자태의 맛을 버리지 않으려 드는구나.

부디,

씁쓰레한 향기를 남기려 하지 말고

달맞이꽃을 보러가는 여인네의 치맛자락을 잡아끄는,

소박한 꿈을 간직한 너의 자태를 지키려므나.

석양(夕陽)

장엄한 이 순간을 맞는 석양 노을빛,

숙연한 모습을 보이며 저녁이 물들다.

감히 느끼지 못할 빛을 안은 채,

석양빛은 외로이 하루를 덮는다.

수 없는 색을 합쳐도 어울릴 수 없는 석양 노을빛,

사랑의 윤무를 그리며,

저 멀리 사라지는 헤아릴 수 없는 아름다움을

고히 간직코자 말을 아니하려 드는구려.

일순 요동스러움이 엄습하면서,

진동하는 푸른 장면의 맛을 마지막으로 보는 양이,

어렴풋이 회진의 미소만 남긴다.

석양 빛이 남기며 점차 사라져가는데,

하지만,

진통의 느낌은 푸른 녹음과 여전히 맘을 섞지 않으려하네.

가만히 손을 뻗어 저 등성이를 휘어잡을 듯,

소복스럽게 앉은 봉우리는,

그윽하고 느긋한 석양빛의 가락을 만든다.

여름 꽃들의 난

성은입은 신도가 드리는 신전에

어리숭한 신성한 소리의 흔들리는 신도들의 마음인양

살며시 일어서서 꽃무늬에 비치는 향기들의

어슴푸레한 말싸움의 시작이더냐?

뚝을 끼고 가지런히 자리잡은 화단에

활짝 핀 꽃들은

폭양을 싫다 아니하고 나의 외로움을 포용하다

소소히 일어서서 짖어대는 비명여 의에 맞추려는 지

사랑의 맘을 부여잡고

흘러갔더라도 평안하고 온화한 날이 그리웁더라.

성은 입은 신도의 웃는 모양이

알맞은 여름철의 꽃들의 난이리라.

매화

얄미스러운 연못가,

둘러친 노오란색의 매화의 대열을 보며,

머리 위를 맴도는 한 점의 빛이,

아무런 형태없이 빛을 표하는구나.

훤히 내보이는 푸르런 들판에

연한 너의 미소를,

한데 어울려 보고싶구나.

갸냘픈 가지에 송이송이 돋아난,

너의 애련한 모습.

무심코 지나쳤던 바람도,

너를 다시 보고자 고개짓을 하는 양이,

무수히 많은 꽃들에 찬사를 네 한몸에 지니는도다.

이 한낮의 너를 향한 망상을 잊기에는

너무나 미련한 맘일뿐,

하나. 둘 사라졌다 나타나곤 하는

너의 애잔한 자태를 굽어보다가,

언듯 곁으로 스며드는 너의 향기에,

얼굴들이 새삼스럽게 여겨보지 않을 수 없구나.

날마다 오르내리며 내뱉는 잔바람 속에,

그래도 너를 흘리고 싶지 않아,

저 등성이를 줄달음치는 하얀 구름이 이르는 순간까지,

너를 기다린다.

지는 태양

멀고머언 날을 기다리며,
삭막한 겨울의 해는, 석양을 밟는다.
뿌엿이 솟은 서쪽하늘 밑으로,
지축을 치면서,
아무도 모르게 사라지는 차가운 태양,
지쳐가는 바람의 향방도,
아무런 저항없이,
고동치며 너울대는 대지를 업을 뿐,
황량한 들녘이 보일 따름이다.
칙칙한 냉습이 올지 말지 하는,
저녁 노을의 빛을 반사하면서,
지는 태양은 등 뒤를 감추다.

농촌의 7월

은은히 메아리치면,

그리웠던 7월 오고,

아쉬움에 떨던 지난 7월,

머리속에 묻혀,

폭우와 가뭄을 오갔던 아픔,

잊혀질 날 없어 머리를 들어 하늘을 보다

끝없고 푸르렀던 창공도

7월 한낮의 순간만은 쓸쓸히 웃어주믄

확타오르는 햇빛 속에

어쨌거나 포근한듯한 극락의 꿈을 그리다

정들면 들수록 끊을 수 없는 7월,

가뭄비 맞아놓고,

방긋 웃곤하는 농촌 여인같이,

거칠은 손길은

아련하고 풍족한 꿈을 싣고서,

따거운 대지 속을 파고든다.

성가신 장미

장미, 성가신 장미,

붉으다 하건만

긴 수풀 속에서 더운 열기의 정맛을 버틸려고하는,

그러나

네 향기 속에 묻혀있는 고결한 맛은,

날아가버린 청초한 흰나비의 날개의 덕이니라.

여러갈래의 줄기에 맺혀있는 꽃송이는,

아무래도,

성가신 장미 되어 꽃 중의 꽃으로 남는구나.

변덕스러운 날씨가 계속되면서,

우아한 모양은 서기와 더불어 누리는 것 상상할 때,

너의 방자한듯한 욕구가 있음을 알만하리.

연쟁에 시달림을 받아오면서,

매일 반복되는 너의 희망의 욕구에 불을 질러

오늘도,

성가신 너의 명성을 남겼노라.

라일락 향기 속에서

영원한 사랑이라면,

송이송이 피어 모인 보라색의 향기에,

진정 슬픈 운명의 회선이 어리는구나.

눈을 지긋히뜨고 쳐다보아도,

어느 순간에 내려쬐는 태양빛에 묻혀,

이제 남은 것이라곤 환생할 수 없는 지난 꿈이라고

아직껏 비천한 삶의 서러움을,

지겹도록 느끼듯 견디면서,

접근도 할 수 없는 착각 속에 헤대이니,

어설픈 촌색시의 걸음걸이에 지나지 않으리.

마냥 웃는 듯 우는 듯 하는 시선이

줄기차게 풍겨오는 라일락의 향기만이

나도 같이 보라빛 향기속에 물들이다.

사랑의 문이여,

박차고 일어서는 양심을 따라

영원한 라일락의 향기라면서

마음 속 깊이 묻혀있는 그리움을 찾아가리다.

봄의 여로

마른 대지 위에 새싹들이 맑은 샘을 뿌리듯

우울한 나날을 보내던 내 자신에 밝은 미래를 준다.

하얀 고독이 곤두선 나의 귓전을 때리며,

미련만 주고 흰 공간을 그리며,

꿈틀대는 구름과 같이 지난 날의 희망을 망각한다.

느긋한 춘풍이 노오란 광선을 받으며

앞산 봉우리를 힘없는 발길로 스치며 지나가는 꽃의 무리들

노을 속에 파묻혀 운다.

살포시 어여쁜 아가씨가 봄밤을 맞아,

별님을 타고 내려오는 환상이

마냥 파헤쳐 가며 헤젓던 손길을 멈추고

일순 별들의 다툼을 바라보며 바보가 된다.

삶의 전부가 영원히 너의 것이었다고,

창공을 향해 줄곧 울부짖으며,

아쉬움에 떨던 때를 소리없이 탓한다.

새로히 트인 생활의 순환이 어려웠던듯

파릇파릇 솟아나는 새로운 기상을,

봄의 여로 속에 묻고 새싹의 기상을 받아주겠노라.

꽃피는 계절

동산 봉우리에 펼쳐진,

계절따라 피는 봄의 향연 같은 꽃 진달래

등성이 소로길 옆에 조용히 펴있는 꽃

사람의 정을 팔며 살아온 서글픈 꽃

영겁의 세월을 머금은 듯,

하얀 수염을 달고 살포시 고개숙인 꽃

노목사이로 암초롬하게 뉘를 탓하는 찔레꽃,

성난 아가씨같이

알기잘기한 가시를 보이며,

뉘기도 함부로 범접할 수 없게 서있는 꽃,

골골이 흐르는 계곡물따라.

철없이 뛰노는 아이들의 오락물의 전시장인양.

버들강아지는 펴서지는 날까지,

외로운 날은 없으리라.

청순한 꽃들의 무대를 펼치며,

색색으로 어우러져, 계절따라.

아름답고 찬란한 계절의 영화를 누리다.

할미꽃

꿈을 낳으면서,

많은 세월을 견디면서 자라난 너의 영생들.

다소곳이 고개 숙여 말없이 대지만을 품다.

자라나온 자취마다 가슴 깊이 간직하고.

남몰래 고개 숙여 속삭이는구나.

사라져간 수많은 선배님들의

은총과 슬픔을 네 혼자만이 받아왔건만,

나는 알리라 너의 고독과 싸움을,

모든 번뇌를 홀로 안고 산 중에 무리지어

고개를 숙인 이유를 알만하리.

말하려하지 말고 사연을 살며시 알려다오.

망연히 옛일을 자별하게 구별하면서,

면괴한듯 하얀 수염이 붉은 얼굴로 변하는 모양이,

확실하게 네가 깊은 밤 내내 무엇을 그리며 생각하는지,

그러나

낮에 맞는 너의 모습은 항상 수심에 차있구나.

산 속의 아침

호젓한 산길로,

아침에 햇살을 받으며 푸른 숲길이 열리다.

이슬 머금은 푸른 싹들이,

빠끔히 하늘을 우러러보고,

아침인사 산새들이 지저귀다

희망에 찬 행복을 안은 이 산 중

고요한 적막 속에서 해방을 찾듯,

밤새도록 기대를 모으며 너를 기다리다.

한낮의 무더움을 생각하며,

아침의 신선하고 맑은 기분의 맛을

동편 산봉우리의 햇살이 녹색의 반공 그리며,

해맑아진 온 대지의 찬란함의 문을 두드리다.

묻는 말 들은 체 아니하고,

정적인 산 속의 아침.

무심하게 걸어드는 발걸음마다.

촉촉한 이슬방울을 밟고서다.

한낮의 겨울

모서리 길 위엔,

상록수 가지 사이로 앙상한 칡넝쿨 줄기가

한산한 겨울의 맛을 쓸쓸하게 하다.

메스꺼운 바람이 넘노는 사이,

어디있다 날아왔는지,

허여멀건 콩새가 한마리 푸드득 난다.

노오란 갈색의 한낮 태양,

칡넝쿨 줄기 속을 찾아 헤매이던 차에,

무심코 바라보다가,

포근한 그 속으로 덤덤히 기어든다.

또한,

밤서리를 맞은 듯

앙상한 칡줄기에 마른 칡잎이 매달려서

눈 한송이를 맞으며,

끈질기게 상판을 드러내고,

히벌쭉 묘한 웃음을 남기며 돌아선다.

잔풍

온종일 바람의 잔잔한 파문은,

긴 장마에 묻혔다 나온 나비의,

날개를 팔랑거리며 활개를 펴거 하다.

산새들의 맑고 애증스러운 조잘소리가,

너를 따라 귓전을 스칠땐

흰옷 입은 선녀 같은 구름이 춤을 추며,

너의 고마움을 안아주려하다.

부질없이 오갔던 세사의 맴도는 현실이

미미한 바람 속에 깃드는 것은,

너를 위한 한 줄기의 햇빛에 반사되어,

다시 볼 수 있도록 잔잔한 미풍 속에 머물 수 있도록 하는구나.

멀건히 내려보이는 호수의 물결도,

너와 같이 동행하였으련만,

지금은 뭐라해도 들어맞는 사랑의 힘임을 알아라.

그리고 잔풍의 아쉬움을 바라건더,

하늘을 우러러보며 스르르 눈을 감고,

귓속으로 사랑의 서신을 맘껏 들으려므나.

불

타올랐던 순간에 불은 풍성히 자취를 남기고 간다.

파아란 하늘 가에 맴도는 여파의 기운을 무시하면서,

노오란, 빨간색들이 어우러져,

아옹거리며 놀리는 모습에 분노가 인다.

지나간 모든 일들을 되새기듯

오늘 내일 머언 미래까지도,

불길은 모든 고뇌를 안고,

여전히 빠알간 불꽃으로 번지며 일고 있다.

지친듯 새움 같은 불꽃이 나면,

또, 그 위에 덮치는 노란 불꽃.

타는 눈동자 위에 맺혀있는 어우러진 정열의 빛은,

파아란 하늘 가에 뻗치다 일그리며 다시 피어난다.

가엾게 피어난 꽃봉오리 마냥,

웃는 듯 우는지 무성한 소리를 내다가

쓸쓸히 회진만 남기며 불꽃은 사라진다.

말없이 바라본 수평선

지금도 너그러히 바라본 수평선이,

잠잠히 흐르는 엷은 구름을 품고,

오목조목한 하나의 화폭을 그리다.

진심으로 백두산 천지에서 솟는 음률이 들린다면,

한 때의 꿈으로 들리련만.

그렇지 못한 맘의 갈등 달래볼 길 없어,

나들이 가는 새색시의 옷자락 잡고 끄노라.

고요한 표정이 일순 흐려지는 듯.

아직도 생생한 알찬 가슴 속에서,

백두산 천지의 잔잔한 물결을 굽어보는 자신이,

아쉬웠던지 수평선의 흔적이 그리웠더라.

지금까지 깨끗한 맘으로 자라온 너였기에,

조용히 뿌려지는 은막탄의 세례를 받으며,

너그러히 바라본 수평선이,

시원한 이마를 드러냈는가 했더니,

이내 서글픈 맘 안고 사그러져간다.

포 도

구슬같이 투명한 보랏빛을 뿜으며,

긴 장마를 이겨낸 기분 실컷 맛보는 것 같구나.

뚜드려 박힌듯 제자리에서 익힘을 맞으며,

모든 이의 축복을 받을 땐,

면괴스러워 얼굴을 들어 미소를 머금을 때이건만,

그동안 네 자신을 많이 잊었던 것 같구나.

여름 밥에 이는 밤의 정적을 깨는 소리인들

철없던 시절 불꽃을 튀기던 망나니의 날은 아니었으리,

고이 머물러서,

너의 고귀한 맛을 보기 위해 씻는 손이라도.

씻기우는 것은 내가 아닌 너의 달콤한 맛이었으리,

황홀스러운 상상의 빛이 날아간 네 앞에서

아주 옛날에 있던 원시인들의 나상을,

변하지 않은 너의 현재를 그리워 아니할 수 없으리,

검보라의 맛이거던 없어지고

끌 수 있는 방화수의 맛이라면,

너의 찬란한 맛과 흔적을 남겨다오.

메아리의 여운

조용히 부르면 응답하는 메아리,

무심코 내다볼 땐 잔물결 일고,

다음의 만날땐 여운의 물결 내 품에 묻다.

잔잔하게 울리는 너의 맘의 진동이,

넓게 자리잡은 메아리의 울림을 살피면서,

진흙탕 속에서 널뛰는 미꾸리처럼 노닐고 싶구나.

광활한 대지에 잔잔히 울려퍼지는 메아리 소리가,

달아나는 자들에게 무시당하지 말고,

잠겨있는 문을 열치고 불러보면,

영락없이 응해오는 메어리의 여운,

그 속엔 무수한 사연의 여운이 사리고 있겠지.

자연스럽게 꾸며진 너와 나의 아름다운 화음에서 오는,

야릇한 쾌감을 맛보려고 하지만,

반대편을 바라보며 잊으려 애썼던

지나간 날들의 그리움과 희망이 엇갈리며

오늘도 잔잔한 메아리의 여운 속에 묻는다.

바라보았던 날

발그스레한 눈망울에 시큰해진 얼굴감각
나리여진 밤 사이로 스며드는 여름 기온에
가득 담아놓은 잡초들의 향기련가?
오르내리는 잔잔한 바람의 웃음을 밟고 보니,
이제는 까물거리다 꺼져버린
발그스레한 눈망울의 어린 사연이련가,
어렴풋이 자그마하게 떠오르다 퍼져나가
까마득히 사라지던 잊지못할 운명의 그날
어디선가 들려오는
음메들의 아우성치는 합창에 묻혀,
때아니게 맘을 휘저으며 휩싸이고 보니,
무심코 바라보았던 그날을 회상하노라.
조심스럽게 다듬어진 바위 위에,
끼어앉은 조무래기 돌들,
감싸고 도는 시선을 피하려 어우러질 때
지나간 시간들의 아쉬움을,
채우려고 휘잡는 하늘과 구름의 작난,
그 순간 숨을 바끼 쉬면서 다가온 여인 앞에서

밝은 태양빛 한 점을 잡아보려 할 때,
바라보았던 날이
이내 펼쳐진 바라보았던 그날 속으로….

꽃들의 무대

엉거주춤하게 서있는 것 같은 너희들,
챙피스러운듯 미소를 살포시 덮은 채로
조그마한 진주알처럼
꽃들은 자신들의 아름다움을 덮는다.
잠시라도 섬찟하는 두려움에 억지 웃음이
여러형태로 도사린 모습이 사랑스러워선지,
꽃들의 자신감이 일순 살아난다.
밤이슬에 담뿍 담아논 물무늬,
너희들 무대 위에 펼칠 수 있는 유일한 순결의 표현이련가.
비록 어둠 속에 버려진 인간이라도.
꽃들의 무대에선, 어느정도 마음의 안정을 찾을 수 있겠지
아옹다옹 다투며 시샘하는 네들에게서,
청순한 순결성 앞에서 만은,
네들의 애틋한 마음을 알고도 남으리
찬란한 꽃들의 합창의 리듬 속에서,
어디선가 울려퍼지는 호소의 짙은 울림,
매일 일희일비가 오가는 시간의 흐름 앞에
꽃들의 무대에서만은 잊음을 벗어나리.

폭염의 계절을 넘길 때

빨려드는 너무나 강한 한낮의 폭염 스밀 때,

잠시만이라도 느렸으면 하는 그늘 속 느낌

여기는,

태양의 뜨거운 열기를 피해,

아늑히 자리잡은 수목 속의 한가로움.

이 곳에서 청춘의 희망스러운 꿈을 헤치던 삶이,

몸서리치며 뜨거운 태양빛처럼

닮아가는 어리석은 나의 열정이

달려가자고 하던 어느 날의 따스한 말들은

벌써 멀어져가는데

맘 속의 폭염만 남네.

수 없이 합쳐 아우성치는 곤충들.

그 속에서 매음의 소리만 귓가를 맴돌며,

폭염 속에 흘러간 날들을 꾸짖는 것 같구나.

폭염이 막혀있는

이곳은 수목으로 둘러친 시원한 어둠

이 서늘하고 시원한 어둠 속에서,

마냥, 허우적대는 삶의 꿈을 지탱할 수 있을지?

산마루를 덮은 꽃들의 향기

엷게 물들인 산 중턱에 어우러진 꽃의 무리들,

알찬 사랑을 기다리며,

낭만의 계절을 넘기던 애처로움.

맥동하는 모든 젊은이들의,

부풀어있는 즐거운 터전 속의 향기런가.

이처럼 그리는 그대들,

사랑의 여신을 끝내 만나지 못하여서,

정다운 시인들의 시구를 찾고,

하나로 묶인 군상들의 표정을 볼 수 있겠으니,

그대들이 남긴 사랑의 징표이었던가?

아침에서 한낮으로 바뀌면서부터는,

네들의 아름다움도,

그늘 속에 휩싸이며 점점 향기마저 그늘지는구나.

이젠 날아가버린 기다림만이 빛을 뿌리며

황량한 마음의 상처를 모두에게 안기며,

적막한 고독 속을 헤매일 때처럼.

네들의 아름다움을 그대로 받고프구나.

가을은 내일로

아침저녁으로 부는 소소한 바람의 맛으로,

깨달을 수 있는 피부의 느낌으로 가을이 오고 있음을 감지하네.

한창 젊은 세대들이 맘대로 움직임을 나타낼 수 있는 계절,

반면에 웃음을 띤 아름다운 여인네들의 행렬로

거리, 산 모든 세상 풍경을 메우는 계절

이러한 계절이 다가오면

놓칠세라 어깨펴고 맘껏 부르는 가을 찬가의 메아리속에서,

가을이 왔음을 온 세상에 알리네.

그대들은 신비스러운 극치의 가을 맛을.

단지 즐거움만을 만들어주는 계절이라 하겠는지?

한 무리의 떠니는 기러기떼들을 보았기에

무심코 가을의 정취를 맞는 순간

모든 잡념을 송두리째 날려보내려고,

가벼운 사랑을 바라는 맘으로,

엷고 파아란 하늘과 같이 가을을 맞았으면.

안개낀 날

안개 깔린 그 위에 나는 보았소.

당신의 이름 석 자가 희미하게 보이는 듯한 착각의 환상을.

그 속에서 어렴풋이 떠오르는 당신의 모습

붙잡을 수 있는 상황이라면,

나는 구태여 안개 속에 묻힌,

당신의 존재를 언제까지 탓하며 살련지?

이 순간,

자욱한 안개 속에 판에 박힌듯이 떠오르는 희미한 애꿎은 얼굴,

엷은 미소를 뿌연 자국을 남기며,

회개하고 물러서는 죄인들의 모습인 양.

안개 내리깔린 희미한 속에 짓눌리는 서러움.

어렴풋이나마 눈물 자국을 안개비와 더듬어 보겠소.

안개가 자욱히 더욱 짙게 덮이며,

당신 거룩한 이름을 맘 속에서나마 헛되게 하지 않으려,

안개낀 날 애쓰며 안개가 걷히지 말기를 두 손 모아 바라네.

가을은 눈물로

활개편 독수리떼들이 허공을 차고 눈물 없는 인정을 펴고 있다.

잠이 덜 깬 아이들이 잠타령을 부르고,

소복소복 내리붓는 가을 맛에 모두들 엄숙하고 장엄한 가을을,

당신 앞에 내놓을 수 있는 하얀 구름 속에 묻힌 고독한 진실

펴보여봤자 연혼들의 절규하는 아우성뿐일진데,

고요히 흘려보낸 당신의 정다웁고 살뜰한 사연이었으면,

때는 나무들의 기우너도 잠들고 낙엽으로 변하며,

가엾은 신들의 인정어린 눈물 속에,

허공을 차며 헤치던 독수리떼들은 힘없이 날개를 접다.

노오란 봄의 여운에서부터 가을은,

충만된 낭만을 깊이 감추어준 계절,

당신, 나. 모두 이 계절, 이 날이 오면,

남빛 시야를 꼭 잡고 헤매인 보람을 구하고,

알찬 살림을 찾은 포도송이의 성긴 향내 속에,

당신의 눈감고 다가오는 입술도 찾아보았다.

그리고 당신의 가슴 속 깊이 우러나는 눈물,

보석처럼 반짝이는 눈물 방울도 보았다.

아름다운 진주알 매혹적인 눈망울에

알찬 사랑을 매달아 놓아 당신의 눈물을 먹고도 싶었다.
독수리떼들 높은 하늘을 차고,
당신의 옷자락을 끌어붙이며,
가을은 온통 얼룩진 색으로 친 눈물의 계절이었다.

이름 모를 가냘픈 꽃의 미소

괴이한 풀내음 얼기설기 얽히고 얽힌 만월의 빛이,

황금색으로 변하여 그늘진 고갯마루를 파고든다.

지겹던 열정이 앉은 이 산등성이,

과거를 씻는 가냘픈 꽃의 미소,

철사로 꿰메어 놓은듯한 네들 대열에 잔인 정이란 찾아볼 수 없고,

산산히 부서진 동정만이 네들에게 모이다.

아이들의 휘젓는 뜨악한 막대소리,

어둠을 뿌리는 산새들의 졸음,

항상 너에게 이란격석의 문구를 되새기게하다.

산고개가 유난히 낮은 등성 길손 들의 인상을 검붉게하며,

가냘픈 네들 모양이 미소로서 얼터무리는척하다.

무수히 자라나왔던 굳건한 터전을 여기라 정해놓고,

오묘한 신들의 오막집을 회상하며,

네들을 즐겨 찾는자, 서글픈 미소와 더불어 가냘픈 존재를 남기리라.

여름

여름은 머언 저하늘에서 살다온 열꽃

짓붉은 병꼭지처럼 수영복 차림의 여자들의 붉은 상

볼샄내튄 굴곡을 미처 깨닫지 못한 원시생활의 연속 계절

사계절을 무딘 속도로 지나친 봄의 낭만에서,

여름은 나상들 행동의 소산기이고 보면,

한많은 가을 속 인생 열매의 달콤한 맛을 상상하게 되는 계절.

그러나 진정 아가씨들 행렬의 뒤를 넘노는 사나이들 거리라면,

꼬리달려 길게 뻗치는 태양빛을 기다릴 수밖에

고비진 고개 위에서 아롱진 빛이 너를 바랄 때

신비하고 풍아한 여름의 꽃들.

지난 그 어느때 느꼈던 달콤한 여운을 회상도 해보는 순정파도 있을

것이다.

지금은,

고이 지켜온 마음의 순결을 잃음으로서

여름의 한을 나홀로 지켜받으며,

면사포를 끄는 새색시의 영롱한 수줍음에,

눈매를 힘없이 떨구고,

발걸음의 힘참을 눈여겨 바라볼 때,

항상 순수한 마음의 폭을 넓혀온 오늘을 너와 동락하며,

여름의 내려쬐는 열기 속에서 어긋낫던 길을 되새겨 보리라.

조용히 부를 수 있는 시간

해가 뜨막한 시간을 탐내 꽃을 피려 뜨는 아침 햇살은

모두가 마음줄기를 뿌리려 발버둥칠 때

연인과 지인들이 군상을 이루며 찾는 조용한 이 시간,

마음대로 젊은이들의 생기넘치는 웃음을 발하는 이 시간이고 보면,

알싸한 상큼한 맛을 아침 빛에 잠기기도 한다.

나뭇잎들은 연푸른 색으로 물들고,

꾀꼬리는 봄의 아롱지는 그림자를 쫓고,

이러고 할지음,

숲 속에는 잡다한 꽃들이 머금은 망라한 내음새가,

앞 능선을 튀며노는 짐승들의 다툼이,

저 멀리 비치는 태양을 우러러보며,

정말 아침에서 낮은 즐거워.

약동하는 젊음의 활기 속에 넘어오는 환희,

조용히 불러본 그대들의 이름.

진실 속에 깊이 실어놓은 향연의 촛대,

이름지어 무릉도원의 즐거움이라 하고파.

이처럼 맞이한 산골의 아침향기 속에 고이 묻은,

외로웁게 떠도는 나그네는 잠시 쉬려,

방울방울 시려퍼진 이슬의 세례 앞에 벗어난 발등,

아침에 바라본 해를 향해 두손 모아,

조용히 가슴 속으로 부를 수 있는 시간이었으면.

동이 틀 무렵

동쪽에 해가 뜰 무렵이면,

동쪽 산으로 붉게스레 띈 아침노을,

시선을 피하며 핀 얇은 자색의 복숭아 빛같구나

저무는 광야를 향해 손짓하는 가련한 손길,

어느 행운의 도련님이 찬란한 아침 노을의 황홀함을 맛볼 수 있을까?

동이 틀 무렵이면,

꾸부렁 밭뚝을 따라 코스모스의 대열 아침 햇빛을 받아 더욱 영롱히

빛나다.

왜걸스러운 까투리의 울음소리도,

오늘따라 아침 햇빛에 어울려 처량스럽구나.

정연한 아침공기의 맛을

동이 틀 무렵이면 이 시간에만 받을 수 있는 극치의 신선함이렸다.

황혼 녘의 가을

황혼 녘의 가을 빛은 자색으로 충만한 채다.

봉긋하게 피어난 꽃송이처럼.

아롱진 눈물의 사연은 황혼녘의 가을빛같이,

물결치는 꿈 속에서 아른히 비친,

잡초 속에 묻힌 여인의 하얀 살결 같구나.

살며시 일어선 노오란색 물결에

살포시 황혼으로 가득한 가을 빛의 향기를

느끼며 삶의 애잔함을 찾는 인간들임을 부인 못하리.

홍혼 녘의 가을이 무수히 많은 형태의 색깔을 보이면서,

멀고도 아늑한 한 점의 향기 속에,

눈물방울지며 마지막 불러보는 가을의 망막을 덮으려 하다.

가을엔 말이 없는가

초추의 소리 없이 잔잔히 뿌리는 가랑비가 말이 없다.

조용히 성긴 찬공기 속에,

빛 속 수풀에 잠겨있던 푸르름도 말이 없다.

가만가만 더듬으며 스치듯 밀려오던,

오수의 허황된 꿈도,

조용히 밀리는 초추의 내음 속에 묻고서 말이 없다.

지금은 순간마다 느끼는 정감의 소용돌이 속에,

나혼자 만의 운명 속에 맺혀있는 서글픔이 쌓일 맘에 방황이,

가을의 성긴 내음처럼 말이 없는 채 흘려보낸다.

화문(花紋)

허구한 나날을 되씹는 망설 속에

호들갑스럽게 떠도는 너의 길이,

그래도 이선만은 맺힐려고 화문 속에 묻고,

끝없이 펼쳐진 하늘에다 맺어주다.

지나고 또 지나갔던 어느 날에

한 점 환희의 빛도 없이

흘러드는 애처로운 가락으로,

오늘의 이 시간의 꽃무늬 속을 꾸며보다

한결같이 부푸는 정취 속에서,

아직껏 펴보지 못한 좁은 마음을

이제 너와 호젓이 속삭여 볼 수 있었노라.

흐트러진 연자색의 들국화에

쓸데없는 빛을 뿌리려하지 말고,

펼쳐진 꽃들의 무늬를 보며

너를 지루한 삶의 시간을 기다렸노라고.

낭만의 계절

낭만의 계절은,

설레이는 가슴 만을 살짝 안고서,

그대를 기다리는 계절,

발산하는 젊음을 잊은 채 산뜻한 맘을 가지고,

때론 원망도 해보는 계절.

낭만을 품고 있는 계절은 시작인데,

그 계절만은 영원히 간직하고픈 줄기가 있는 계절,

휘황한 날개 속으로 천사와 같이 살짝 왔다가는 계절,

낭만의 계절은 웃는 양,

언제까지라도 기다리며 미소짓는 계절.

오늘도 맘의 동요를 가라앉히려고

낭만의 계절을 맞아 너를 품고 싶다.

아카시아 꽃은 만발했건만

만발한 백색의 아카시아꽃의 향기로운 내음.

허무한 꿈을 갱생하기에는 너무나 아득한 현실의 벽이련가?

결국 너의 내음만으로 흡족할 수 밖에,

나날이 늘어만가는 망상

이젠 걷잡을 수없이 흐르는 세월따라 동행만 하리라.

이 시간에도 아카시아 꽃은 향긋한 내음을 발하며

고이 녹슬어가는 맘을 불쌍타 하노라.

맞은편 산봉우리에서 메아리쳐 들릭는 소리가,

진정 그대의 목소리였다면 어설픈 맘이 펴지랴만,

그래도 한가닥의 미련이라도 남아있겠지요.

버얼써 체념한 내 심정 하얀 고독만을 품은 채,

아카시아 꽃만 영롱한 눈물을 머금은 채 바라볼 뿐.

꿈꾸는 소녀

소녀는,

깊은 산 속에 청초하게 서있는 들국화처럼

소녀는 어설픈 내 눈을 보며 움직이다

영롱히 빛나는 샛별 같은 소녀의 눈은

갈팡하는 나의 맘을 사로잡아메다.

마음은 천사와 같이 순진하고

목소리는 봄의 향기와 어울려내는 것과 흡사하다.

마음의 거울인 소녀는 요술쟁이인양,

가끔씩 나를 후리며 예쁜 인상 나르게 하다.

소녀의 달을 닮은 동굴고 환한 얼굴은,

모처럼 찾는 곳을 향한 채로 잠들어 있듯이 누워 있다.

또한,

때때로 몸의 율동과 요괴스러움이

하늘의 별아기와 정다운 꿈속의 대화를 나누는 듯,

소녀는 웃는 얼굴로 누워있다.

천상의 낙을 꿈으로 그리며,

영원한 나라로 가는 것인지

소녀는 울지 않고 꿈을 잡는다.

잡다 놓치면 또 움켜쥐며,

여전히 천상의 낙을 꿈으로 그리며,

잠겨있는 눈이 사르르 펴지는 것같다.

푸른 싹들

푸른 싹들이 때를 기다리다 만난 듯이

서려있는 아침 연무 속 여운의 형상을 두드리며, 뾰족이 솟아나네.

아침 햇살에 맑은 이슬방울 사리며,

봄의 귓전을 울리며 미소짓다.

싹트는 순간순간에 경쟁을 통해 삶의 선마다 꿈싣고,

봄의 향취를 아롱히 새기며,

빠꼼히 솟아오른 머리는 맑은 공기 속을 뚫고 있네.

싹트는 봄을 맞을 땐,

생동하는 그대들은 호상한 새싹들의 탄생을,

온누리의 모든 이는 마음껏 찬양해주랴.

동산

추억을 고이 간직한 채,

소망의 꿈을 가뿐히 앉고,

철따라 살며시 미소짓네.

가다오다 지친 운맥을 더듬으며,

새로이 오르는 꽃의 비너스 상도,

춘풍을 여의듯 안타까운 마음을 살포시 안고서,

동산은 잔잔한 미풍에 묻히네.

또한,

소리 없이 흘러내리는 양광도, 살며시 돌며 내려앉네.

철은 바뀌어도 동산을 보며 그리운에 떨던 흔적만 늘 맘 속에 남아 있네.

동산의 변함없는 자태는,

멀고 먼 하나의 떠도는 혜성처럼 돌고 돌아 내려앉는 곳.

시간이 흘러 철이 변해도

동산은 향긋한 애증스러움만 가련한- 꿈인양 안고 있네.

둥근 달

동쪽 산봉우리 사이로 솟는 둥근달 만물을 안으려 하네.

환한 얼굴은 산뜻한 여인의 얼굴인양,

둥굴한 너의 안면에 한 점의 티끌도 없이 솟기네.

너의 모습에 많은 영생들이 갖은 고통과 단맛을 겪고 있으나.

너는 그러한 기색도 없이 즐거히 창공의 문만 두다리는구나.

밤하늘의 기상을 보면 언제나 싸늘한 기분이 돌건만,

동글동글한 너의 모습을 보면 이 마음 말없이 녹아드는구나.

옛 정을 내비치며 사련히 떠오르곤 하며,

창공에 드높이 솟아 묵묵히 은하수의 물결을 장악하며,

너만의 독무대인양,

밤이 이슥하도록 애처로운 미소만 사리다.

철쭉꽃

새파랗게 물들이며 피는 꽃

수줍은 듯 파르르 떨며 봄을 찬양하듯,

꽃다움을 표현하며 청춘의 꿈을 낳네.

봄의 화신이 너를 보며 애처롭다 할지라도.

점붉은 봉오리 철쭉꽃보며 모든 슬픔 잊고 정녕 반기노라.

그윽한 향기는 별로 없다하지만,

꽃잎마다 부풀은 넋,

헤이노라 영원한 향락,

등성이 따라 살짝 미소지으며,

머언 추억의 길 밟아다오.

그리워지는 행복스럽게 바라보는 누각에서,

무심코 바라보는 눈매 가슴 속에 다련한 꽃의 매력.

봄의 화신들과 내 맘이 끌려드네.

산간초가

산간 초가에 한낮이 기울면,

하이얀 옷 입은 손님 꾸부렁 밭둑을 따라

산간 초가에 찾아드네.

소소히 불어오는 초가을의 바람.

누우런 오곡백과 쌓여진 들판,

흐뭇한 여인의 미소인 양.

그윽한 초가을 향기 품은 채 넘나들다.

끝없이 펼쳐진 푸른 산줄기에 묻혀,

산간초가는 지금도 분주한 듯 조용하다.

오늘, 내일, 모레 되뇌이며,

누굴 반기는 듯,

산간 초가는 푸르른 무늬로 장식되다.

드문드문 서서 향기를 발산하는 코스모스의 향연,

또한,

산간 초가 앞 시냇가에 뛰노는 물고기의 모양을 그리며,

산간 초가는 오똑한 채로 초가을 향기에,

한없이 자신 만의 귀중함을 나타내는구나.

봄이 올 땐

구름 위에 너를 앉히고,

찾아든 손객을 맞고보면,

저 건너편에서 물결치듯,

밀리는 바람 속에 나부끼는 붉은 치마끈,

봄이 올 때 드리는 예절의 하나인가?

말없이 외로운 섬바위 위에서,

밝은 눈자위를 굴리면은 한 번 쯤은 영감이,

봄이 올 때 손을 흔들어 환영하는구나.

잠간하는 사이에 무너진 보람일진정,

검은 구름이 밀리는 하늘을 향해서,

봄이 올 때 검은 구름 향해 두손 모아 빌겠다.

흙탕으로 변한 진흙 속에서 눈안경 휘잡을 때,

뒤미쳐 미치지 못한 나를 버려둔 채로,

곧장 하늘 가로 밀려가면 멍한 시선은,

하나의 꿈인양,

말없이 외로운 섬에서 진흙을 뒤적이며,

봄이 오는 소리를 춘풍에 담으리다.

봄의 난

가고자 하는 날에 핀 동백꽃,

가만가만 스스로의 향기에 묻혀,

좁디 좁은 내울가를 내디디며,

고요한 산 중 아가씨의 연정이 너에게 미친다.

애틋한 파랑새 지저대는 소리에,

잠이 깬 듯 진달래가 활짝 웃으며 나비 한 쌍 맞는다.

나란히 뻗은 앞동산 등성이를,

상춘객이 흐뭇한 정취를 안고 거닐며,

지나치는 봄의 화신들의 환상이 그들을 넘겨짚는다.

다정스럽게 뛰노는 산토끼 한 쌍이,

모처럼 상춘객들의 맘의 동요를 지긋이 누르며,

또 하나의 포근한 봄날의 향기를 뿌리다.

줄기 구부러진 벚나무가 담에 올 찬란함을 준비하듯,

봄 화신들의 아름다움을 유심히 응시하는 모양.

꽃들의 반란을 잠잠히 되비치며,

화사한 봄날에 무수한 잡음을 남기며 가고자 하는 날을 기다리다.

제3부
흘러간 세월 끝에
"삶의 무게와 성찰"

망향

나르는 기러기 무리에 어울리며
좌선을 하고 고뇌 속에서 벗어나려는 안간힘을 쓰며
멎는 듯 가는 듯하며 맘 속 한계를 탓하려는지?
차라리
한 모서리가 깨어져 나간 들
그리운 망향의 채찍이 너무나 길고 아쉬운 고행인가?
초롱초롱히 박힌 검고 뚜렷한 눈동자에
하이얀 점을 갔다 얹어 놓으려 해도
망향의 어설픈 빛이 서두르지 말라고 타이르는구나
어지러움 속에 묻혀 있는 망향의 심보지만
발길이 닿는 대로 망향의 설움을 안고 가련만은
아!
가고 싶어지려나
망향으로 서려 있는 눈빛을 덮으련나!

비애

수없이 뻗어나온 그날이었기에,

넋두리에 모든 것을 긁어놓으며,

서글픔의 근원을 생각해서 추리해보는 것이,

나의 아픈 심정을 역겨웁게 만든다.

맨 처음 시작의 사랑.

비애의 상처로 끝난 결산,

비애가 또 하나의 비애를,

만들 수 있다고 확신하리오.

허물어진 동정이 찬서리를 맞는다 해도

비애란 존재가 감미로운 사랑으로

변할 수 있다고 생각한다면 얼마나 어리석을지?

먼날에 맘 속의 울림이 여운바 함께,

이 같은 서러움과 서글픔을 만들줄이야!

모자람과 가득함이 어우러지면 균형이 될진데,

홀몸으로 여생을 견디는 비애의 근원은,

감히,

어디를 향해 빌어본들 무엇하리.

씻겨진 세월

줄기차게 내딛는 세월의 흐름 속에,

덤덤히 서있는 가로수의 애련스럼만이

표현을 망각한 삶의 지친 모습 청초하다 못해 애탑구나.

다시 찾으려 애쓰는 상처의 아픔을,

애잔한 가락 속에 묻으며,

리듬에 맞추어 돌아가는 어설픈 무대서

희미하게 떠오르는 흘러가는 시간에,

시간의 되새김을 좀이나마 반겨주었으면,

머뭇머뭇거리며 담장 넘어로 충만한 꽃 향기에,

찡그린 표정의 얼굴을 일그며 지날때는

오묘한 상처만 남겼던 세월은,

이미 떠났으리라.

쓰러진 인생

쓰러질 듯 하면서 안간힘 쓰다.

끝내 온 몸과 마음이 진창되어,

쓰러지고만 인생,

쓰라린 심뇌속에서 노상 울부짖다가,

아주 자연스럽게,

또 하나의 인생의 쓰디쓴 맛을 느끼며,

결국 현재의 삶을 무시한 채,

울부짖다 쓰러지고만 삶 자체,

정녕,

아무런 절규의 부름도 없이

끈질기게 버티며 새 삶의 싹을 노리며,

오가는 골목마다 시선을 주며 힘을 썼지만

또 한 번의 용트림하다 삶의 희망이 무너지고 만다.

모처럼 상냥한 미소를 뿌리며 밝은 빛을 보이며 부티는 아가씨가,

갖은 아양과 교태를 자아낸다 해도,

아무런 미련과 애스러운 생각할 여유도 없이,

시름에 떨다 쓰러진 허무한 인생.

너무나도 비참할 정도로 억울하다고 부르짖어도

답해오는 그대는 꽃이라도 못피는 꽃으로

어찌 가엽게 쓰러진 인생을,

다시 일으키려 하리오.

삶의 불은 꺼지고 향기도는 마음의 온도가 식어도,

순간마다 잘리고 맞고하며 버티다 쓰러진 인생은,

아무리 용을 쓴다 해도,

소생의 기쁨은 영원히 맛 볼 수 없으리.

묻힌 나의 삶이여

지속되는 생명의 물결이,

오늘도 삶은 저버리지 못하는구나.

가시덤불 헤집는 험난한 세상을 넘노는 자의 삶이여,

곧 갈랴하지 말거던 묻힌 삶이 되거라.

아기자기한 상념으로 꽉차있는 그날엔,

영원히 나의 삶이 묻혔으니,

저 강 언덕에 푸른 색을 머금은 뱃노래의 낙이로다.

조그마한 불꽃이 저멀리서 가물거릴 때,

외고동의 짓누르는 듯한 메아리에,

내 옆을 지키려 하기 전에,

마녀의 술법으로 그 공간을 휘어잡아

묻히는 삶의 뜻을 저버리지 말아라.

눈물로 얽힌 아름다운 지난 봉선화의 사연을,

추억으로 삼아,

아담한 꽃잔디를 입히려하는 맘 속 물결에,

고고한 백합의 순결성을 앗아간 때부턴

기구했던 삶이란 필연코 묻히는 법,

가고파도 가고파도 도달할 수 없는 곳,

드높이 솟은 상상봉에 요화되어,

뿌리를 뻗어나가는 곳까지,

묻힌 삶이 땅 속을 헤매이며 울리리라.

조각난 빛

뿔뿔이 가라앉다 멈춰진 빛.

소용돌이치는 속세에 너의 조각을 묻히려는 순간,

떼지어 노니는 물 속의 송사리떼들과 같이

춤을 추며 어지러이 헤매이네.

너무나 길다랗게 뻗치려 하던 빛이 한 없이

이내 사라진 하얀 연기와 더불어

너의 망막을 무참히 짓누르려고 할 때,

또한,

기교한 빛으로 마음을 움직이려 하니,

어찌 가엽고 애처롭다 아니 할 쏘냐.

흐트러진 조각난 너의 비참한 모습에,

엷게 흔들리는 꽃의 내음에서나.

너의 조각난 빛의 모습을 살리려는구나.

화려했던 잡초들의 행복이,

곧 찢겨져나간 줄기로서는 받아들일 수 없는

마음의 상처와 서러움의 탄식이

찢겨져나간 하나의 힘없는 조각으로서,

옛모습을 바랄 수 없는 희미한 빛.

고스란히 떠내려가며 소용돌이 치는 속에
조각날 빛들의 헤아림이 모습을 찾으려 해도,
오래전에 멈춰버린 조각난 빛은
영원히 사라져 흔적을 남기지 않으리.

내가 걸어야할 길

나는 오늘도 걸으면서

밤 기온과 더불어 달빛을 은근히 맛보면서

좋아하는 흘러간 노래를 되뇌이며 장단을 맞추다.

팔닥거리는 맘의 율동을 온 몸으로 느끼며,

깜빡이는 별빛을 따라 다듬는 척하다가.

죽음의 통고를 받은 노병자의 표정으로 눈을 스르르 감으며 바꾸다.

어렴풋이 들리는 듯 밤의 적막 속에,

창백한 얼굴을 달빛에 반사시키며,

묵묵히 외롭게 걸으면서 맘의 정을 다스리다.

그러하나.

미궁 속에 휩싸여 빠지면서,

맘의 여운마저 휩쓸리듯,

오뇌에 가능한 나의 저주이고 보면,

교교한 미소를 사리는 밤의 전주곡이라 할 수 있겠지?

오늘도 나는 모든 잡소리들 묻어버리고.

침묵으로 걸어야 할 길을 걸었다.

풍래심태(바람이 불 때 마음가짐)

정신없이 흔들다 바람에 의해서,

부질없이 헤멘다 바람에 의해서,

각자의 특성을 가진 모든 군상들이,

알봄을 드러낸 채 욕실의 넘실대는 물결에

희미하게나마 맘의 설레임을 떠오르게하네.

동시에 밀려드는 바람속에 묻혀,

아득히 먼 곳에서부터 찾아돈 정인마냥,

보드랍게 내미는 다정한 바람의 맛,

한평생 잊으려 해도 그 맛은 영원하리,

차근차근하게 내리밀리는 바람의 흐름이,

밋밋한 체구에 바람의 내음을 묻힌 채 몸을 식히려하나.

정과 양심의 번뇌 속에서 부지런히 부딪혀가다.

다투며 떨어져나간 맘 향기 조각을 찾아 떠도는 손님인양.

소담스러운 맘을 명상 속에 묻혀

열정으로 덮인 막을 바람의 힘으로 뚫게 하여,

어지러운 마음을 잡아들이리라.

삶의 터전 속

서투른 마음의 형성체가 일굴 때

항상 종달새처럼 지저대는 생명의 허무함.

그 속에서 밀려드는 역정스런 노도와 함께

모두에게 권태를 낳게하는 삶의 허전 속,

도란도란 피었던 여러 형태의 꽃들도,

어둠 속으로 깔려들고마는 삶의 어지러움 속.

머언 쪽으로부터 내려비치는 희뿌연 형상도,

정처없이 떠돌다 머문 삶의 터전 속 이었기에,

가물거리는 삶의 흐름이 이 터전의 문을 두드리다.

다만 한가지,

홀릴 수 없는 매혹적인 삶의 치열한 경쟁이라면은,

보고있는 것만으로도 흡족하련만,

맘 속에서 일구는 갈등만으로 일어서려는

너를,

뻐근한 몸으로 내딛는 발길 속에,

삶의 터전 속의 처절한 경쟁 속,

외중으로 담대한 맘갖고 끌지 않을 수 없으리라.

보슬비 오는 날이면

보슬비 오는 날이면,

가슴 속에 매꿔있던 고독감이 살아날뛴다.

쓰디쓴 감각이 온 맘을 태우는지,

붉게 물들인 분화구처럼 시선을 이끌며,

엎어진 열정의 환락을 되살리련다.

종래 맺어질 수 없는 환경 속의 인연이여.

어쩌면 끊어질 수도 없는 찐한 사랑이었기에

희망도 좌절도 바보같이 느끼지 못하면서,

조용히 흘러가며,

짙어지는 적적한 밤의 현상을,

부슬부슬 내리는 보슬비와,

말없이 맘 속의 정담을 하리오.

헤매다 찾은 곳

따사로운 모래밭을 더듬는 손길,

출렁거리는 물소리와 더불어,

내려쬐는 태양빛을 피하는 척하다.

알 수 없는 가을 냄새에 몸을 이끌며 내디딘 곳,

자별한 너의 성격이었기에

스스로 마냥 수줍어하며,

너를 볼 수 있어서 맘의 숨통을 트는구나.

자릿내나는 헌옷으로 어찌 너의 곁으로 가리오만,

먼 빛으로나마 보이는 환영만으로 흡족할 수밖에….

지쳐서 가버린 기다림은 탓할 수 없었기에,

고히 물들어가는 신록 만을 맛보련다.

헤매이다 찾은 이곳이 상처난 맘의 치유가 될 수 있을런지는?

환상

황금빛으로 물드는 오후에 저녁나절,

환상으로 가득찬 머리를 식히려 하지않고,

살포시 감겨있는 눈만이,

어설픈 너의 맘을 짐작할 수 있구나.

소리없이 흐르는 맘의 유동만이,

노오란 물로 물든 시야에 눈을 감은 채로 바라보다

꽉 찬 환상으로 분별할 수 없도록 찢겨진 사랑.

힘없이 내뻗는 손길 만이,

누구를 부르는 듯한 애처로운 너의 환상

묵묵히 앉은 채로 잊으려니,

노근한 몸에 엄습해오는 피로는,

너를 마주하는 환상 속의 상징인 양,

노오랗게 물드는 아물한[1] 시야를,

눈을 살포시 감을 채로 환상을 새겨보다.

1　흐릿한

형상

뻥 뚫린 벽 틈사이 넘어오곤 가다.
뽀요한 맑은 빛이 고개를 디밀며,
생긋 웃곤 말 없이 주저앉으며 떨어지다.
또한,
선율이 흐르는 달콤한 향기는
스르르 내 눈 속을 지긋이 누른다.
모처럼 만난 아름다운 형상
그 형상을 살포시 묻고 맞는 듯,
바삐 그 곳을 응시하며 등지다.

고독이란 무엇인가

외롭고 쓸쓸히 뻗어온 삶이다.

되알진 운명 속에 고이 떠도는 나그네.

앗아진 순정의 끈질긴 괴로움 속에 파헤쳐논 정열의 미진한 힘.

거무스레히 펼쳐있는 환경의 조화만이,

영원한 고독의 행로를 지속시키네

유유히 밀려드는 욕망의 갈구함이 흩어지려고,

몸부림치던 시간마다 칙살스럽도록 역겨워지다.

여러날 아니 수많은 날을 넘어 설 적마다.

떠있는 하이얀 구름 만을 고즈넉이 바라볼 뿐,

퍼벌[2]한 외양만이 고독의 가련함을 아는구나.

---

2   겉모양을 꾸미지 않음

가는 해

주름 잡힌 얼굴에 쓸쓸한 미소를 머금고,
넘기는 고개마다 정을 두고 갈 뿐,
무정한 그 마음 알길 없어,
유심히 쳐다볼 뿐 무표정한 채 가기만 한다.
머리가 어지러운듯 헬레헬레 흔드는 모습
아쉬움, 고뇌.
반복되었던 날을 생각하듯이.
알 수 없는 마음을 진동시키며 가네.
걷잡을 수 없이 흐르는 구름따라 맘도 같이,
어느덧 또한 한 해의 고개를 넘는다.
우울하던 마음,
한 가닥의 희망 꿈을 발견한 듯.
반짝이는 눈망울 살며시 내려뜨고,
머금은 미소만이 가는 해를 멈추려 하네.

비는 오는데

이러한 날이면 비는 오는데,

가라앉은 서글픈 마음의 소리가,

빗속에 머물며 그 속에서 소리가 난다.

창 밖으로 뿌려지는 처량한 빗소리에,

넋나간 내 마음의 동요가,

아슴프리 눈물을 자아낸다.

아픔의 소리가 빗속에서 뺄랴치면,

빗소리는 세차게 아픈 가슴을 후리고

검은 구름 속으로 묻힐 때 마음의 쓰라림은

뿌리며 흩어지는 빗발에 조각난다.

이러한 날이면 비는 오는데,

마음의 아픈 동요가 스러질 때,

나는 세찬 빗줄기 속에 아픔을 묻으며 너를 그린다.

아직도 비는 소리치며 내리고,

나는 마음의 아픈 동요를 잃는다.

이러한 날이면 비는 오는데,

서러운 사연일랑 빗속에 묻고,

어디론가 사라졌으면….

아픈 마음이여,

아스라히 스러져가는 님의 여운을

빗소리에 묻고파 귀를 덮는다.

이러한 날이면 비는 여전히 내리는데.

그날

그늘진 잔디밭을 무심코 밟다보니,

흘러간 추억 속에 잠겼던 일,

살며시 눈을 감은 채 옛날의 자죽을 되찾으려,

그늘진 잔디밭 위로 그 날을 그려보다.

그때는 푸른 산천과 들판 끝이 하늘을 향해

자신도 힘을 감당못해 자랑하던 시절이었건만,

이제 그런 날카로운 형상은 간 곳 없고,

결국 허수아비 같은 신세되어 그날을 회상하며 쓰디쓴 허상만 남네

시들어가는 꽃봉오리같이

주름진 얼굴에 지난 날의 모습을 추억으로만 되뇌이며,

무심히 지난 날의 행적을 밟으며,

가지런히 놓인 잔디밭 위로 그날을 찾는다.

후회는 아직

희미하게 나타났다 사라졌건만,

가슴 한켠엔 들떠서 움직이는 심정.

그러나

숨겼지만 어쩔 수 없이 역력히 살아 움직이는

마음 만은 증명하듯 후회는 아직도 미련 속에….

마음 속에 아쉬움을 듬뿍 뿌려놓고,

자취를 감춘 사랑의 흔적을 남겨논 너.

결코 후회는 아직이라며 남는 것은 자존감.

허나.

지금도 뛰는 가슴을 달랠길 없는 현실.

자연스럽게 시선이 문틈 쪽으로 쏠리다

점점 쇠이해지는 몸과 마음도,

어느 땐 스르르 살아나듯,

기대에 찬 눈망울도 머언 시선을 헤매며,

힘없이 떨구던 고개를 들며,

다짐을 여러 번 후회를 아직이라 하지만

여전히 장담은 할 수 없네.

그곳

어드멘고 그곳

어스름하게 비치는 노을을 보며.

상상 속의 그곳을 더듬다.

그곳,

항상 느끼는 갈등을 헤집고 난 후,

그곳,

세월 탓 속에 맛을 잃은지 오래지만,

지금도 그곳은 나의 영원한 추억이 묻힌 곳

그곳은,

삶의 짐을 비춰주며 느낌을 주던 곳.

오늘도 그곳의 환상을 잊지 못해,

안타까웁게 그곳을 찾아보려고,

그곳에 있는 나의 지난 모든 꿈이 있는지?

지금은 맘 속에 자취만 있으려니,

그곳은,

아직도 젊은 꿈이 꿈틀대는 곳인가!

아, 맘 속에 살아서 움직였으면,

그곳은 영원하리.

그날

처음부터 맺어논 그날은,

허상 속에서나 있을 법한 그날은,

현재 떠나버린 그날의 모든 애틋한 정들은,

송두리째 어디서 다시 찾으려나…!

지금도 그날의 모든 약속이 허망하게 상처로 남을 때,

힘겨운 나날들의 생활이 언젠가는,

쓰디쓴 헛맛으로 번지지나 않을까?

한참 밝은 아침 햇살은 그날의 흐린 허상을 맛보려 하는지?

뚝방을 거닐며 먼 산의 움직임도 그날을 회생하려는지.

지금은 그대로 허상된 맘을 지키려 발버둥 치겠지만,

어슴프레 남아있는 그날의 흔적은 언제나 가실는지?

소리없이 흘러가는 세월은 그날을 다시 맞으려,

생각하며 헛도는 맘 속 갈등은 스르르 자신을 녹인다.

그날은 희망을 잘 간직하라 했는데,

지금은 허상 속에 움직이다보니 그날의 꿈은 어디로 갔는지?

흘러간 세월 끝에 남는 것

주저하지 않고 흐르는 세월은,

마음을 송두리째 흔들어 놓고,

아무런 미련 없이 뒤채여 흘러간다.

꼬리를 물고 일어나는 의지의 불균형.

서로 부디며 사라지곤 또 나타나곤 한가닥의 빛도,

한 페이지의 역사와 슬픔을 낳고 가고만다.

우러나는 심통이 갈 곳 몰라 허둥댈 뿐,

지금도 앉아있는 자세가 불편하기만 한지,

벌떡 일어나서 닫힌 문 사이를 기웃거린다.

끝없이 내뻗은 골짜기와 산등성이가 먼 시야로,

산마루의 걸린 붉은 노을 꾸미며,

허둥대는 햇빛의 흐름 만이,

흘러간 세울 끝에서 묵은 그리움을 뿌려둔다.

온화한 겨울

쌀쌀한 냉기류 한가닥이 허공에 머문채로,
봄의 환영 슬그머니 녹아내리게 하다.
조그마한 빙점이 꼬리를 감춘 다음,
미련을 버리고 아쉬움을 남기다.
머언 저쪽으로 질러오는 듯 온화한 봄의 화신이,
일순간 냉기류에 휘말려 가만히 숨어버린다.
우뚝 선 채로 감각을 상실한 듯 멍한 시선,
조만간 밀려올 찬 기운을 미리 예방하듯,
우러러 본 태양 빛을 감싸쥐다.
되살아오곤 하는 봄의 환영은,
머물고 있는 조용한 겨울을 때리며 간다.

회포

잔잔한 바닷가 모래사장.

넓고 넓은 머언 하늘 밑과 대조를 이룬 형상,

뾰요한 조각돌 한움큼 움켜쥐고,

찌푸려진 형상을 다시 펴곤 할땐,

항상 그러하듯 까만 눈동자 그리웁다.

또 한 번 생각이 반복되며,

무형의 존재만이 허공에 붙어 밀리는 파도를 찬다.

끝없이 펼쳐진 모래사장에 회포를 묻고,

언제나 그러하듯 맘 속 까만 눈동자 그리다.

오늘도 찾는다

몰려드는 고독을 품은 채,

먼 산을 응시하며 절망 속 심정.

반겨주는 척 하다간 살며시 남기고 가는 여운을,

지금도 머언산에 붙이는 희망의 애착이라고,

꾸부정한 산골짜기를 더듬는다.

만날 수는 없지만 애쓰며 허둥대는 손발을,

보기가 애처로웁던지,

마음의 저려움을 막을 수가 없구나.

꼬리를 물고 이어오는 쓰디쓴 미소 만이,

얼굴을 덮을 땐 절로 튀어나온 한마디.

하얀 빛속 난무일진데,

찾을 길 없는 방황 속의 슬픔인가?

제4부
고요한 밤
"밤과 고독, 그리고 명상"

밤의 서광

꼬리를 치며 달리는 여아가 있다.

한 몸에 눈부신 빛을 받으며

초점을 상실한 채

작달막한 귀에 연신 쓴 미소가 잡스럽다.

종알대는 잔소리가 귀에 익은 듯

연신 뒤따라 쓴 미소가 넘실대고

흐트러진 머리가 상스럽다.

뚝길을 따라 멈춰설 땐

먼 저쪽이 밝아오며 한 줄기의 서광이 살아난다.

또, 한 번의 몸부림이 시작되며

너울대는 옷깃이

몸에 스치는 냉기를 감수하는 듯

먼 시야를 좁히며 마음의 동요를 누르려 한다.

주변에 펼쳐진 화사한 얼굴을 되뇌이면서

살랑거리는 머리카락이 영원한 서광의 상징인양

조금씩 거리를 넓히며 달리는 모습이 상스럽다.

뛰는 모양이 갈지자로 눈에 뜨일때면

여아의 전율동이 뚝길을 감싸 쥐고

멀고 멀었던 그날이 아주 가까이 밀려든다.
내리는 별빛의 다툼은
어둠을 뿌려둔 채 고이 가버리고
서늘한 밤 공기의 갈 길을 뚫는다.
미련의 아쉬운 정을 품은채
성스러이 남기곤 하는 여아의 노래가
아늑한 이곳을 울릴 땐
밤의 서광은 여아를 영원히 버리다.

잠의 서광

가만히 누워 이 시간을 꾸며본다.

어떤 집에서 개짖는 소리가.

머언 산을 따라 메아리쳐 울릴때는,

또, 하나의 이 시간이 잠의 흐름을 깨운다.

박새의 울음소리 너의 정체는 어디이기에,

이토록 애달픈 밤을 홀로 우니느냐?

아니거던 돌아가려므나.

간다고 너와의 막막한 소통이 헤이지는 않으리.

잠시나마 잊었던 이 시간이,

멀리서 비쳐오는 서광에 눈을 떠본다.

날아간 가버린 여린 꿈이,

아직도 빈 공간을 찾아헤매누나.

어리는 어리는 모습이,

종시 너를 반기기지 않겠노라고 하지만,

어찌보면, 내 자신이 더 어리석어 보이는구나.

고개를 넘어 산길을 헤매일땐,

고요히 펼쳐진 어둠의 장막 사이로,

저 멀리서 아롱거리는 광선이 스며든다.

이슬 내리는 밤길

이슬은 밤빛을 투명시키며 발등을 간지르다.

소복히 부은듯한 당신의 손등을 쓸으며

좀처럼 맛보기 힘든 새콤한 맛을 받는 때야.

비로소 밤의 투명 영롱함을,

신선하고 표상한 감각으로서 알 수 있다.

오직 뒤트는 당신의 몸꼬임에 매혹하게 느끼는 자신을,

차우치는 감정으로 여인을 사랑하고 있었을까?

옴츠려져 내리뜬 양미간에 욕심을 부리는가?

이미 차가운 이슬의 감각은 흙덩이 속으로 파고 들고,

포개진 입술 사이

속삭이는 행동에 담근 사랑은 손을 들어 별을 부르다.

이슬이 어두운 눈매를 사라치고

흙빛 나뭇가지 위에 홀로 앉아 우는 미담의 주인공을 찾는 것이려나?

아무리 섬세하고 차분한 당신의 마음으로서도,

이 시간만은 나르는 밤기러기들의 꿈일테지.

모처럼 이슬이 내리는 길이라면,

하늘의 혜택을 모르고,

홀로 밟는 길이 사라지는 이슬 방울의 길이 아님을 알진대.

잠이 들면

잠이 들면 날개 돋힌 영상이

알알이 들여박힌 소리없는 꿈이렸다.

멀고도 먼 천상을 향하여,

향수에 젖어 헤매이는 애처로움이,

현실 차가움에 가는 곳이 아득히 먼 곳이라고 응수한다면,

갈길을 막아주는 환상의 주인이 꿈속에 나타나리.

이 곳에서 한평생 살아가고프지만,

성가시게 바라는 것으로 머뭇거리다.

조만간 닥쳐올 스스로의 방향을 넋들의 춤으로,

긴장된 어설픈 맘을 갖고 기다리다.

나른한 몸으로 앉아 잠 속에 있던 밤의 어둠 속을.

허울 만으로 뒤집어 씌우려 하지만,

아롱지은 잠의 몽상 속에서,

벙어리의 시늉을 본따

상상의 아름다운 연민을 놀래주겠노라.

꿈으로나마 찾을 수 있다면

마치,

개구리의 울음소리처럼 처절한 마음을,

밀리는 꽃내음따라 마음의 울음을 엿듣다.

지금쯤 푸르스름한 산골짝마다.

낭만의 문을 두드리는 바람의 진주곡.

헤일 수 없는 등불의 장난인지는 어렴풋하게 내 맘을 스치네

까딱하면 찬서리를 맞고 떨어져나간

힘없는 곤충들의 날개일지도 모르는 일,

무참히 짓밟아논 이 자리에서,

영원히 씻을 수 없는 나혼자 만의 성실한 영혼,

푸르고 하얗고 검은 날개들 속에,

색색으로 둘러친 그 밑에서,

중심을 잃은 무녀들의 멋쩍은 춤은 아니리,

뿌연 하늘로부터,

맑고 얌전하고 아름다운 음률을 듣고 싶으련만,

꿈으로나마 갈망의 음률을 찾을 수 있을는지!

밤을 지나

무성진 항구의 초롱불,

나란한 별들의 눈무대,

밤의 한산한 오솔길은,

현실 속에서는 맛볼 수 없는,

멀고도 아늑한 이야기의 주인공들.

봄이 오는 소식을 듣고져,

내 앞에 안장 뻐꾸기 오는 소리에 묻혀,

물흐르는 소리가 귓가에 잡히다.

이러한 때일수록,

평화롭게 들떠있는 밤의 고요는,

아가씨들의 정서깊은 눈동자를 움직이게 만들고,

이어진 아침햇살이 눈에 스밀 때,

지나간 명상 속에서의 어렴풋한 사연,

나비 춤추는 꽃잎 속에 살포시 묻고서,

맞이한 환희의 소용돌이 속에 밤의 여운을 보며,

고이 숨겨진 여인들의 속살을 헤집어 보다.

밤을 지나 어둠의 장벽을 서서히 지나며.

10분 전 12시를

자정이 임박한 이 시간

야광금빛 바늘의 시계는

편편하고 둥근 얼굴에 10분 전 12시를,

조용하고 적막하기 그지없는 한 밤

색등 외로히 좋을고,

창 틈으로 밤벌레소리 귓전을 맴돌다.

한적한 밤길을 걷는 날렵한 몸매 아가씨

한 밤을 알리는 욕정의 화신처럼,

바람은 고이 잠들고 있는 밤의 적막을 깨고,

머언 천상주위에 별빛 흐름 펼쳐져 사랑비 뿌리네

자정이 가까워오는 이 시간

야광금빛 바늘의 시계는,

침묵의 소리를 드러내고,

한 번 울어주면 밤의 고요여,

바둑이도 조을고 모든 생물도 조을고 나도 조을 때,

시계소리 멀리멀리 뿌리며

자정이 다가온 이 시간이면,

언제나 되뇌이며 이렇게 조을며 머물고 있네.

달 밤은 싫어

멍청한 빛을 반사하는 달을 등에 업고
가만히 속삭여주는 정담을 듣다.
현란한 별빛과 더불어 달빛을 받아 널뛰는 밤의 요화.
무수히 반짝반짝하는 별빛 속 밤하늘에,
쓰라린 맘을 붙이려고 차가운 미소를 보낼 때,
어처구니 없게도 별빛들 합창에 묻히고 싶구나.
어이없게 흘러간 지난 날이 지금이라 하면,
너의 차가운 미소의 시선을 받으며,
멍청한 척 서있지 않고 너를 모르는 척 할 수 있으련만,
참으로 서글프게 살아온 삶의 허망이었네.
웅크리고 앉아 소리쳐보고 싶어도 못잊어 우는 이곳이기에
처량하게 앉아서 쳐다보이는 달빛으로 밤의 적막을 깨고
둥근 달만이 고요함을 해친다.

밤의 정담

밤이 오면,

꿈같이 사라지곤 하는 마음의 갈등 부딪힐 때,

모든 세상 만물이 고요한 바닷속에 잠기다.

흐느끼듯 무수한 별들의 속삭임

감미로운 정담 속엔 연연한 정에 못이겨,

울부짖는 소리 소리 소리….

마음의 여로를 열지 못하는 참된 깊은 생각 속에,

몸부림 치면서 뜻없이 흔들리는 맘을 잡다.

서로의 정담 속에 꿈을 낳으면서 흐느적거리면,

남는 것은 쌓여만 가는 슬픈 상처의 아픔.

그 아픔 속엔 수많은 애련의 가슴아픈 꿈 싣고,

컴컴한 밤의 창공을 한없이 쳐다보며 어긋난 밤의 정담을 되뇌이다.

밤공기

밤바람이 소소히 일고 옆으로 꽃들의 신이 생미소를 주며 문을 열다.

뜨거운 가슴마다 밤공기의 물결이 모여들면서,

표상한 얼굴만이 밤공기들의 속삭임을 엿듣다.

꿈을 꾸면 길조의 환각 속 되뇌이며,

그윽히 온화함을 품은 밤공기 속에 불어넣어 맘을 잡는다.

흔들리는 표정이 차마 보기 어렵다는 듯,

고개 숙이며 잠자는 듯 무심히 밤공기를 맞는다.

화목한 온기 속에 맺은 인연 끊으려다.

싸늘한 밤공기의 트집이 무서운 듯,

애상하고 잔미스러운 눈물로 맘을 달래다.

밤공기는 아가씨의 연두색 치마 꼬리인양, 훌쩍 밀려 가버리고.

애처롭게 엄습해오는 그리움만이

밤공기와 어울려 헤매이다 잠들다.

애수의 꿈

멀고도 먼 애수의 꿈은 현실이 아닐진대

모란과 백합이 폈다 지면서 남는 건

한낮의 꿈 속에서나마 그리움인지?

밤 하늘에 들뜨며 솟는 은하수 앞에 꿈은 진정 있겠지만,

새가 우는 낮동안은 동무인데,

밤에 우는 나의 마음은 누가 동무 해주랴.

세월이 가면 멎는다고 하던 애수의 꿈,

진정으로 나는 못잊겠기에,

한 줄기의 처진 빛이나마 구원의 손길을 뻗치네.

잔잔히 흐르는 역류 속에 묻힌 마음의 동요는,

잠잠한 하늘을 더듬는 듯,

눈을 감고 너의 귓전을 울리며,

못잊을 애수의 꿈을 접으리.

닫는 시

편지 속 즐거움(친구에게 보냄)

맑은 밤하늘엔 수많은 별들. 아롱지으며 다툼을 하고 있습니다.
그리워하고 있는 사람, 동물, 생물, 모든 것을 아롱거리는 속에 그리
곤 지웁니다.

> "나는 무엇이 그리워
> 이 많은 별빛이 내린 언덕 위에,
> 내 이름자를 써보고
> 흙으로 덮어 버리었습니다."

이 시 구절은 윤동주 시인의 "별헤는 밤" 속에 나오는 시의 한 구절
이라오.
자기 자신을 버티어준 땅과 대조되는 하늘의 별을 구사하며 그리운
사람을 생각한 시로서 나도 매혹될 때가 많다오.

> "하늘과 끝닿은 높은 산봉우리 옆으로 구름은 떼지어 瑛을 부
> 르고,
> 노오란 남풍에 흩날려버린 외로움으로,
> 유난스레 태양빛을 뿌리는 날이면 불러보고 싶은 瑛,

내 몸에서 발하는 노래의 향기가,

나의 몸에 배어들 때는,

가버린 날 고요함이여.

瑛아…!"

이 시는 보잘 것 없는 친우인 나의 詩의 한 구절로서 (고요한 날)
막 봄이 오려는 시기에 아늑한 미래를 그리면서 누군가 그리워지는
이 시간 나는 그를 찾으려 헤매는 방황에 노래가 아니런가?
그리움에 벅찬 나머지 아름다운 詩로 표현한 것이 얼마나 많은가?
즉 김영란 시 '내 마음 아시리'에서, 내 혼자 마음 言(말)같이 아시리
라던가.
하이네 시 '저 백합 꽃잎 속'에서,
나를 위해 입 맞춰주던 그 입술처럼, 이라던가.
릴케의 시 '봄에서인지 꿈속에서인지'에서
당신은 내 손을 잡고, 그리고 당신은 우십니다. 라던가.
괴테의 시 '어느 소녀가 부른'에서
누가 아리까 그리움에 가슴도 마음도 산산히 부서져 있는 것을, 이
라던지.
하여튼 수많은 詩 가운데 동경의 내용을 빼면 몇 수나 존재할는지,
나는 이따금씩 이런 것을 생각한다오.

멀고 머언 옛날에 양귀비 그리워하다 지친 사람 몇인가?

그들도 제각기 나름대로 하나의 노래나 詩로 표현했다면 얼마나 아름다웠으리, 그러나 그것은 몇 개에 불과하지 않소.

바이론 시인의 이런 詩가 있지 않소.

"젊은 처녀의 죽음을 슬퍼함 속에,

아아! 그전엔

그렇게 아름답게 뛰어났던 그녀가,

지금은 시체 되어

이 좁은 땅 속에 잠자고 있다.

사신은 그녀를 희생으로 삼아,

미덕도 미모도

그녀의 목숨을 도로 되돌릴 수 없었다."

한 젊은 여인을 놓고 얼마나 사랑을 했기에 그리웁다못해 죽은 여인을 신께 호소해서라도 살리고 싶은 마음인가?

문득 이런 시구가 떠오르네요.

"발길이 닿으면 소녀가 멈칫하곤 할 때,

사랑의 호수는

소녀의 마음을 주저 없이 사로잡는다.

저 편으로 산새 한 마리가,

소녀를 향해 울어주고

소녀는 문득 산새의 찬미를 몸에 받으며,

잠깐!

미소를 나눈 후 잔잔한 호수 위로,

어울리는 자기의 얼굴을 보며,

가슴 위에 손을 살며시 얹어본다."

나의 청순한 소녀의 심정을 나타낸 나의 詩이긴 하지만,

청순한 소녀의 가슴을 누가 쓸어줄 것인가?

알찬 기대의 즐거움과 그리워하는 누구야를 호수에서 찾아본다.

수없이 흘러가고 오는 풍경 속에 이 아늑한 산 속 호수는 어느날엔

가 외로워 지겠지요.

또 이런 詩가 머릿속을 스치며 지나가네요.

즉 남성이 좋아한다는 '고올'의 '어느 아가씨의 노래'란 詩의 몇 구절

을 적어보겠소.

당신이 알아주셨기에

저는 처음으로 저란 것을 알았습니다.

당신이 아시기까지는 저의 육체가,

멀고 크기만 한

물과 같이 생각되었습니다.

끝까지 읽어보면 그런대로 한 여성이 남성을 알고 난 다음에 희열을

맛보며 찾는 그리움,

세상엔 남성의 그리움과 여성의 그리움이 다르듯이 역시 여성은 그

리움 자체도 예민한 데가 있는 것 같으이.

마지막으로 나의 詩

"조용히 부를 수 있는 시간" 속에서 한 구절을 적어보겠소.

나뭇잎들이 물들고 꾀꼬리는 춘영을 쫓고 숲 속에는 흰 꽃 머금

은 산토끼가,

앞 능선을 원을 그리며 쏟는 태양을 우러르고,

정말 아침에서 낮은 즐거워,

약동하는 젊음의 활기 속에 찾아온 즐거움,

조용히 불러본 그대들의 이름,

찬미하는 시원한 공기들,

이것은 찬바람이 스치는 등성이를 누비며 어둠을 쫓는 젊음의 낭만

을 표현한 것이며, 詩집 속에 있는 전문을 읽어보면 이해하기가 빠를겁니다.

세월이 흘러도 너와 나의 우정이 변치 않길 바라며,

이만 줄이겠네.

끝.